"우리 소박하게 현실적으로 해봅시다.
당신이 지금 처한 삶의 환경에서
가능한 한 가장 의미 있는 삶을 만들어봅시다.
당신이 될 수 있는 한 가장 훌륭한
자아가 되는 길로 나아가봅시다."

The Art of Living

삶의 기술

The Art of Living

샤론 르벨 엮음 - 정영목 옮김

싱긋

차례

편람

에픽테토스의 핵심적 가르침

해설

프롤로그

에픽테토스가 지속적인 호소력과 폭넓은 영향력을 가지는 이유 가운데 하나는 그가 전문적인 철학자와 보통 사람을 구분하지 않았다는 것이다. 그는 도덕적으로 각성한 삶을 살고자 하는 모든 사람에게 자신의 메시지를 명료하게 또 성의껏 전해주었다.

동시에 에픽테토스는 개인의 품성과 행동을 점진적으로 다듬어나가기 위한 훈련이 필요하다는 믿음에서는 조금도 양보가 없었다. 도덕적 진보는 태생이 고귀한 사람들이 자연적으로 타고나는 것이 아니었고, 우연이나 운으로 얻을 수 있는 것도 아니었다. 매일매일 스스로 노력해야 얻을 수 있는 것이었다.

불행히도 요즘 대학에서는 철학을 "한다"는 것이 호전적으로 어떤 입장을 택하고 나서 그것을 옹호하기 위해 말의 곡예를 일삼는 행위를 가리키는 경우가 많은데, 에픽테토스가 보았다면 참지 못했을 것이다. 에픽테토스는 간결한 설명의 대가였기 때문에 학술적이고 철학적인 텍스트를 비롯해 다른 건조한 텍스트에 나오는 모호하기 짝이 없는 말도 수상쩍게 보았을 것이다. 에픽테토스는 똑똑함 자체를 위해 똑똑함을 드러내는 데에는 질색하는 사람이었던 만큼 훌륭한 삶을 사는 데 도움을 주는 사상을 설명하는 일에는 사심 없이 몰두했다. 에픽테토스는 사람들이 자신의 사상을 이해하여 실생활에 적용하면 흐뭇해했는데, 그런 식으로 자신의 사상이 어떤 사람의 품성을 고양시키는 데 도움을 주는 것을 보람으로 여겼기 때문이다.

이 책은 에픽테토스의 핵심적인 사상을 간결하게 요약한 것으로, 이 위대한 스토아 철학자가 주는 가르침의 민주적이고 시원시원한 분위기는 그대로 유지하려고 노력하는 동시에 언어와 비유는 현대인에게 익숙한 것으로 바꾸었다. 우리가 에픽테토스의 철학을 알 수 있는 현존 문서는 『편람Enchiridion』과 『어록Diatribes』 두 가지뿐인데, 나는 에픽테토스의 가르침을 가능한 한 간단하고 유용하게 전달하기 위하여 두 책에 담긴 사상을 내 나름으로 선별하고 해석하고 지금 현실에 맞게 변형했다. 내 목적은 에픽테토스의 진정한 정신을 전하는 것이지, 그의 말을 문자 그대로 옮기는 것이 아니다. 그래서 나는 그의 가르침에 대한 다양한 번역을 참고하면서도, 그가 오늘날이라면 어떻게 말했을까 끊임없이 자문하면서 최대한 신선한 표현으로 그의 정신을 살려보려고 했다.

에픽테토스는 행동이 웅변이라는 것을 잘 이해했다. 그는 제자들에게 그저 머리만 굴려 이론을 만들 생각을 하지 말고 일상의 구체적인 환경에서 그의 가르침을 적극적으로 적용해보라고 가르쳤다. 그래서 나는 에픽테토스 사상의 핵심을 현대적이고 자극적인 방식으로 표현해보려고 노력했으며, 이것을 보고 독자들이 영감을 얻어 명상을 하는 것도 좋지만 거기서 한 걸음 나아가 각자의 삶에서 작은 변화들을 경험하고, 그것이 쌓여 마침내 자신의 존엄을 확인하고, 의미 있는 고귀한 삶을 살 수 있으면 더욱 좋겠다.

에픽테토스의 정신

어떻게 하면 행복하고 충족된 삶을 살 수 있을까?

어떻게 하면 선한 사람이 될 수 있을까?

이 두 질문이 위대한 스토아 철학자 에픽테토스의 쉼 없는 탐구 주제였다. 서양에서 고전 교육이 쇠퇴하면서 오늘날 그의 저작은 예전보다 덜 알려져 있는 것이 사실이지만, 살아가는 방법을 고민해온 지도적 사상가들에게 지난 2천 년 동안 엄청난 영향을 주었다.

에픽테토스는 서기 55년 로마 제국의 동쪽 변경에 자리잡은 프리키아의 히에라폴리스에서 노예로 태어났다. 그의 주인은 네로의 행정 비서관인 에파프로디토스였다. 에픽테토스는 어렸을 때부터 뛰어난 지적 재능을 보였으며, 에파프로디토스는 그것을 눈여겨보았다가 나이가 어느 정도 들자 로마로 유학을 보냈다. 그의 스승은 유명한 스토아 철학자 가이우스 무소니우스 루푸스였다. 그리스어로 남아 있는 무소니우스 루푸스의 저작을 보면, 그가 여성의 평등 교육을 옹호했고 결혼 문제에서 성적인 이중잣대에 반대했음을 알 수 있는데, 에픽테토스의 유명한 평등 정신도 스승의 영향을 받은 것인지 모른다. 에픽테토스는 무소니우스 루푸스의 가장 칭찬받는 제자가 되었으며, 결국 노예 신분에서 벗어나 자유인이 되었다.

에픽테토스는 로마에서 가르쳤으나, 서기 94년 철학자들의 영향력 확대에 위협을 느낀 도미티아누스 황제에게 추방당했다. 에픽테토스는 그리스 북서 해안에 있는 니코폴리스에 망명하여 그곳에서 여생을 보냈다. 그는 니코폴리스에 철학 학교를 세우고 평정한 마음으로 위엄 있게 사는 방법을 가르쳤다. 그의 유명한 제자들 가운데는 훗날 로마 제국의 황제가 된 마르쿠스 아우렐리우스 안토니우스가 있다. 마르쿠스 아우렐리우스는 유명한 『명상록』의 저자이기도 한데, 그의 스토아 철학의 뿌리는 에픽테토스의 도덕론에 닿아 있다.

에픽테토스는 논리와 논쟁에서 뛰어난 사람이었음에도 탁월한 수사적 기술을 과시하지 않았다. 그는 낙천적이고 편하고 겸손한 스승으로 처신하며 제자들에게는 지혜롭게 사는 문제를 진지하게 받아들이라고 가르쳤다. 에픽테토스는 말과 행동이 일치하는 사람이었다. 그는 조그만 오두막에서 검소하게 살았으며, 명성이나 재산, 권력에는 전혀 관심이 없었다. 에픽테토스는 135년에 니코폴리스에서 죽었다.

*

에픽테토스는 철학의 일차적 과제가 보통 사람들이 일상적인 문제에 효과적으로 대처하도록 돕고, 살다보면 피할 수 없는 상실감이나 실망, 슬픔에 대처하도록 돕는 것이라고 생각했다. 그의 철학은 도덕적 가르침이되, 거기에서 감상이나 종교성, 형이상학적 횡설수설을 벗겨낸 것이다. 현존하는 그의 철학은 최선의 삶을 살기 위한 서양 최초의 또 최고의 길잡이이다.

서양에서는 많은 사람들이 어느 파벌에도 속하지 않은 영적 길잡이를 찾아 동양으로 관심을 돌렸지만, 서양 고전에도 현장에서 곧바로 활용할 수 있는 활력 있는 지혜의 보고가 있다. 세상에서 가장 지혜로운 스승 가운데 한 사람인 에픽테토스의 가르침은 인류 문명의 가장 위대한 지혜 문헌에 담긴 다른 가르침들과 비교하여 전혀 손색이 없다. 『어록』은 불교의 『법구경』이나 노자의 『도덕경』에 대한 서양의 답변으로 생각할 수 있다. 흔히 서양 철학이 너무 지적이며 삶의 비이성적 차원을 제대로 다루지 못한다고 지적하는 사람들은 『삶의 기술: 로마의 현자 에픽테토스에게 배우는 슬기롭게 사는 법』이 내적인 자유와 평정의 철학이며, 우리 마음을 가볍게 해주는 것이 목적인 삶의 방법론임을 알고 놀랄지도 모른다.

이 책은 뜻밖에도 동서양이 섞인 향취 때문에 생기가 돈다. 그의 글은 논란의 여지 없이 서양적이다. 이성을 높이 받들며, 엄격하고 분명한 도덕적 지침으로 가득차 있다. 그러나 에픽테토스가 우주의 본질을 논할 때면 부드러운 동양의 바람이 불어오는 것 같다. 예를 들어 그가 자연과 동등하게 취급하는 '궁극적 실재'는 유동적이며 분명하게 포착되지 않는다. 우리는 여기에서 놀랍게도 '도(道)'를 떠올리게 된다.

*

에픽테토스에게는 행복한 삶과 고결한 삶이 동의어이다. 행복과 개인적 충족감은 옳은 일을 하는 데 따르는 자연스러운 결과물이다. 에픽테토스는 당대의 많은 철학자들과는 달리 세상을 이해하는 것보다는 도덕적 탁월함을 추구하는 구체적인 방법에 관심을 가졌다. 도덕적 완벽함의 추구보다 도덕적 진보를 강조한 것은 그의 천재성이 엿보이는 부분이다. 에픽테토스는 인간이 최고의 원리에 따라 사는 것이 쉽지 않다는 점을 잘 이해했기 때문에 개인적 이상을 향해 점진적으로 다가가는 과정 자체를 철학적 삶으로 보아야 한다고 가르쳤다.

에픽테토스는 가르침의 목록을 따르는 것이 아니라 행동과 욕망이 자연과 조화를 이룰 때에 좋은 삶을 살게 된다고 생각했다. 선한 행동을 하여 신들의 귀염을 받거나 인간의 존경을 받는 것이 아니라 내적인 평정을 얻어 개인적 자유를 누리는 것이 핵심이었다. 선해질 수 있는 기회는 누구에게나 평등하게 주어진다. 부유하건 가난하건, 교육을 받았건 못 받았건, 누구라도 언제나 얻을 수 있다. 선은 수도승, 성자, 고행자 등 "영적 전문가"의 독점적 영역이 아니다.

에픽테토스가 개진한 덕의 개념은 그 표현이 간단하고, 평범하고, 일상적이다. 그는 선을 특별하게, 두드러지게, 영웅적으로 과시하는 것보다는 신성한 의지에 따라 꾸준한 태도로 살아가는 것을 좋아했다. 그가 말하는 선한 삶에서는 세 가지 주제가 중심을 이룬다. 첫째는 욕망을 정복하는 것이고, 둘째는 의무를 이행하는 것이고, 셋째는 자신에 대하여, 그리고 커다란 인간 공동체 안에서 맺는 관계에 대하여 분명하게 생각을 정리하는 것이다.

*

에픽테토스는 일상생활이 여러 수준의 어려움으로 가득하다는 것을 인정했다. 그럼에도 개인의 환경과 관계없이 행복, 충족, 평정에 이를 수 있는 길을 그려내며 평생을 보냈다. 그의 가르침은 고대의 문화적인 장식만 걷어내면 불가사의할 정도로 현대적인 면을 드러낸다. 간혹 그의 철학은 현대 최고의 심리학처럼 들리기도 한다. 회복 운동의 핵심을 요약하는 '평정의 기도'—"나에게 내가 바꿀 수 없는 것을 받아들일 평정을 주시고, 내가 바꿀 수 있는 것을 바꿀 용기를 주시고, 그 차이를 알 수 있는 지혜를 주소서"—는 이 책의 어디에 갖다놓아도 어울릴 것 같다. 사실 에픽테토스의 사상은 근대의 자기 관리 심리학의 주된 뿌리 가운데 하나이다.

그러나 또다른 중요한 면에서 에픽테토스는 매우 전통적이며 비현대적이다. 현대 사회는 직업적 성취나 부, 권력, 명성을 바람직하고 존경할 만한 것으로 여기는(늘 공개적으로 그러는 것은 아니지만 실제로는 그렇다) 반면, 에픽테토스는 이것을 지엽적인 것으로, 진정한 행복과는 관계없는 것으로 본다. 가장 중요한 것은 우리가 어떤 사람이 되느냐, 우리가 어떤 삶을 사느냐 하는 것이다.

먼저 자신을 향해 앞으로 무엇이 되고 싶은지
이야기하십시오.
그리고 해야 할 일을 하십시오.

편람

편람 소개

에픽테토스는 말로 가르치는 사람이어서 철학적인 글을 남기지는 않았다. 그러나 다행히도 그의 제자이자 역사가인 플라비우스 아리아누스가 그의 철학의 요점을 정리해놓은 덕분에 미래 세대들도 그의 철학을 알게 되었다. 아리아누스는 한 친구를 위하여 스승의 수많은 강연을 꼼꼼하게 옮겨 적었다. 『어록』이라고 알려진 이 강연집은 원래 여덟 권이었으나 지금은 네 권(제1~4권)만 남아 있다. 에픽테토스의 강연집은 로마의 스토아 철학을 이해하는 데도 중요한 자료로 꼽힌다.

에픽테토스의 『편람』은 『어록』에서 뽑은 발췌문을 묶은 것으로, 에픽테토스의 핵심적 가르침의 간결한 요약

본인 셈이다. 이것은 그 시대의 군사용 편람을 원형으로 삼았기 때문에 『전쟁의 기술』과 같은 고전에 나타나는 대담한 단순성을 『편람』에서도 찾아볼 수 있다. (실제로 병사들은 전장에 나갈 때 『편람』을 들고 가기도 했다.) 시대와 문화를 떠나 지도자, 장군, 평민 할 것 없이 수많은 사람들이 삶의 시련을 겪을 때 마음의 평정과 도덕적 지침을 얻기 위해 『편람』을 중요한 안내자로 삼고 의지해왔다.

할 수 있는 일과 할 수 없는 일을 구분하라

Know What You Can Control and What You Can't

행복과 자유는 한 가지 원리를 분명히 이해하는 데서 시작됩니다. 그 원리란 어떤 것들은 우리 뜻대로 할 수 있고 어떤 것들은 우리 뜻대로 할 수 없다는 것입니다. 먼저 이 근본적 규칙을 인정하고 당신 뜻대로 할 수 있는 일과 할 수 없는 일을 구분한 연후에야 내적인 평정과 외적인 힘을 얻는 것이 가능해집니다.

우리 뜻대로 할 수 있는 것에는 우리 자신의 의견, 갈망, 욕망, 혐오 등이 있습니다. 이 영역들에는 관심을 가져 마땅한 것이, 우리가 직접 영향력을 행사할 수 있기 때문입니다. 우리는 내적인 삶의 내용과 성격의 문제에서는 늘 선택을 할 수 있습니다.

그러나 우리의 몸, 부잣집에 태어나거나 뜻밖의 횡재를 하는 것, 나를 보는 남들의 눈, 사회에서 우리의 지위 등은 우리 마음대로 할 수 없습니다. 이런 것들은 외적인 것이라는 점, 따라서 우리의 관심사가 아니라는 점을 잊지 마십시오. 뜻대로 안 되는 것을 뜻대로 하려 하거나 바꾸려 하면 마음만 괴로울 뿐입니다.

잊지 마십시오. 우리 힘으로 할 수 있는 것들은 본디 우리 마음대로 사용할 수 있는 것들로, 어떤 제한이나 장애로부터도 자유로운 것들입니다. 그러나 우리 힘으로 할 수 없는 것들은 약하고 다른 것에 종속되어 있거나 다른 사람들의 행동과 변덕에 좌우됩니다. 또 잊지 마십시오. 원래 당신의 힘으로 어쩔 수 없는 것을 당신 마음대로 휘두를 수 있다고 생각한다면, 또는 다른 사람이 알아서 할 일을 당신이 나서서 챙기려 한다면, 당신이 추구하는 일은 장애에 부딪힐 것이고, 당신은 좌절감과 근심에 사로잡혀 남 탓이나 하는 사람이 되고 말 것입니다.

자신의 일에 충실하라

Stick with Your Own Business

당신의 진정한 관심사에 온전히 집중하고, 다른 사람들에게 속한 것은 그들이 알아서 할 일이지 당신의 일이 아니라는 것을 분명히 해두십시오. 이렇게 하면 당신은 강요에 시달리지 않고, 누구도 당신을 제지하지 못합니다. 당신은 진정으로 자유로워지고 힘을 가지게 됩니다. 당신의 노력을 좋은 데만 쏟을 수 있고, 남의 흠을 잡거나 남에게 반대하는 어리석은 일에 노력을 낭비하지 않기 때문입니다.

당신이 관심을 가져야 할 일이 무엇인지 알고 거기에만 관심을 기울이면 아무도 당신 의지를 거슬러서 어떤 일을 시키지 못합니다. 다른 사람들은 당신을 해칠 수 없고, 당신은 적을 만들지도 피해를 입지도 않습니다.

이런 원칙에 따라 산다는 것이 그렇게 쉽지는 않겠지요. 어떤 것은 완전히 포기해야 하고 어떤 것은 나중으로 미루어야 합니다. 반드시 행복과 자유를 얻고자 한다면, 부와 권력은 없이 살 각오를 해야 합니다.

겉모습 밑에 감추어진 본모습을 찾아라

Recognize Appearances for What They Really Are

이제부터는 불쾌하게 느껴지는 모든 것을 향해 이렇게 말하는 연습을 하십시오. "너는 겉모습일 뿐, 절대 네 본모습이 아니다." 그리고 조금 전에 이야기한 원칙에 따라 그 문제를 철저히 따져보십시오. 우선 이렇게 물어보아야 합니다. 이런 겉모습은 내 뜻대로 할 수 있는 일에 속하는가, 아니면 내 뜻대로 할 수 없는 일에 속하는가? 만일 당신 뜻대로 할 수 없는 일에 속한다면, 그런 문제에 대해서는 걱정하지 않는 훈련을 하십시오.

욕망은 충족될 것을 요구한다

Desire Demands Its Own Attainment

우리의 욕망과 혐오는 변덕스러운 지배자들입니다. 그들은 비위를 맞추어달라고 요구합니다. 욕망은 우리더러 어서 가서 원하는 것을 가져오라고 명령합니다. 혐오는 마음에 들지 않는 것을 피하라고 고집을 부립니다.

우리는 보통 원하는 것을 얻지 못하면 실망하고 원하지 않는 것을 얻으면 괴롭습니다.

바람직하지 않은 것들 가운데 당신의 자연스러운 행복과 배치되는 것, 그러면서도 당신 뜻대로 할 수 있는 것들만 피한다면, 당신이 진정으로 원하지 않는 일은 결코 일어나지 않습니다. 그러나 불가피한 것, 예를 들어 병, 죽음, 불행처럼 당신 힘으로 어쩔 수 없는 것을 피하려 한다면 당신과 당신 주위에 있는 사람들이 고통을 겪게 됩니다.

욕망과 혐오는 강력하기는 하지만 결국 습관일 따름입니다. 습관은 훈련하기에 따라 달라질 수 있습니다. 당신 뜻대로 할 수 없는 것들을 혐오하는 습관은 버리고, 대신 당신에게 좋지 않은 것들 가운데 당신 뜻대로 할 수 있는 것과 싸우는 데 집중하십시오.

최선을 다해 욕망을 억제하십시오. 당신 뜻대로 할 수 없는 것을 원하게 되면 반드시 실망이 따르기 때문이지요. 그런 실망이 쌓이다보면 당신에게 바람직하면서도 당신 뜻대로 할 수 있는 것조차 보지 못하게 됩니다.

물론 현실적인 이유 때문에 어떤 것을 좇고 어떤 것을 피할 수는 있지만, 그럴 때도 우아하게, 능숙하게, 유연하게 하십시오.

있는 그대로 보라

See Things for What They Are

주변 상황은 기대에 따라주지 않습니다. 일은 제멋대로 일어납니다. 사람들은 자기 마음대로 행동합니다. 따라서 실제로 얻는 것을 소중히 여기십시오.

눈을 뜨십시오. 세상을 있는 그대로 보고, 그럼으로써 그릇된 애착으로 인한 고통을 덜고 피할 수 있는 화는 면하십시오.

당신을 기쁘게 하는 것들, 당신이 아끼는 도구, 당신이 소중히 여기는 사람들을 생각하십시오. 그러나 그들도 그들 나름의 독특한 성격을 지니고 있다는 것을 잊으면 안 되는데, 그런 성격은 우리가 그들을 어떻게 보느냐 하는 것과는 별개의 문제입니다.

연습 삼아, 당신이 애착을 가지는 아주 작은 것을 생각해보십시오. 예를 들어 당신이 아끼는 잔이 있다고 해봅시다. 사실 그것은 잔에 지나지 않습니다. 설사 깨진다 해도 당신은 충분히 살아갈 수 있습니다. 다음에는 당신이 더 강한 애착을 가지는 물건이나 사람을 하나씩 생각해보십시오.

예를 들어 자식이나 남편이나 아내를 안을 때, 당신은 죽을 수밖에 없는 인간을 안는다는 것을 언제나 잊지 마십시오. 그러면 설혹 그들 가운데 하나가 죽는다 해도 당신은 평정한 마음으로 그 슬픔을 견디어낼 수 있을 것입니다.

어떤 일이 생겼을 때 당신 힘으로 할 수 있는 것은 오직 그 일에 대한 태도를 정하는 것뿐입니다. 당신은 그 일을 받아들일 수도 있고, 다른 사람을 원망할 수도 있습니다.

우리가 겁을 내거나 당황하는 것은 외적인 사건 자체 때문이 아니라 우리가 그 사건을 생각하는 방식 때문입니다. 우리를 혼란에 빠뜨리는 것은 어떤 일이 아니라 그 의미에 대한 우리의 해석입니다.

이제는 충동적인 생각 때문에, 현실에 대한 잘못된 인식 때문에 겁을 먹는 일이 없어야 합니다!

일과 사람은 우리가 원하는 대로도 아니고, 겉으로 보이는 대로도 아닙니다. 있는 그대로일 뿐입니다.

삶의 흐름에 행동을 일치시켜라

Harmonize Your Actions with the Way Life Is

스스로 규칙을 정하려 하지 마십시오.

크고 공적인 일이든 작고 사사로운 일이든 모든 일에서 자연의 법칙에 따라 행동하십시오. 당신의 의지를 자연과 조화시키는 것을 최고의 이상으로 삼아야 합니다.

어디에서 이 이상을 실현하겠습니까? 다른 데서는 찾아볼 수 없는 개인적인 과제와 의무가 가득한 일상생활이라는 특수한 상황에서 실현해야 합니다. 예를 들어 목욕을 할 때도 최선을 다해 자연과 조화를 이루어 목욕을 하려고 노력하십시오. 식사를 할 때도 최선을 다해 자연과 조화를 이루어 식사를 하려고 노력하십시오.

중요한 것은 무엇을 하고 있느냐보다는 어떻게 하고

있느냐입니다. 이 원칙을 제대로 이해하고 또 이 원칙에 따라 산다 해도 어려운 일은 생기겠지만—어려움도 신의 질서 가운데 한 부분이니까요—그때에도 내적인 평화는 잃지 않을 수 있습니다.

어떤 일이
피해를 주는 것이 아니라,
우리가 그 일을 보는 관점이
피해를 준다

Events Don't Hurt Us,
But Our Views of Them Can

일 자체는 피해를 주지도 않고 방해가 되지도 않습니다. 다른 사람들도 마찬가지입니다. 그러나 우리가 일이나 사람을 보는 관점은 이야기가 다릅니다. 우리가 곤경에 처하는 것은 우리의 태도와 반응 때문입니다.

따라서 죽음조차도 그 자체로는 대수로운 일이 아닙니다. 우리가 겁을 먹는 것은 죽음이라는 관념, 죽음이 두렵다는 생각 때문이지요. 죽음을 생각하는 방법은 아주 많습니다. 죽음에 대한 당신의 생각을 정밀하게 뜯어보십시오—다른 것에 대한 생각도 마찬가지입니다. 그 생각이 정말로 옳습니까? 그런 생각이 당신에게 도움이 됩니까? 죽음이나 고통을 두려워하지 마십시오. 죽음이나 고통에 대한 두려움을 두려워하십시오.

우리는 외적 환경을 선택할 수는 없지만, 환경에 대한 우리의 반응은 언제나 선택할 수 있습니다.

부끄러워할 것도 없고 탓할 것도 없다

No Shame, No Blame

우리를 괴롭히는 것이 일 자체라기보다 그 일에 대한 우리의 느낌이라면, 다른 사람을 탓하는 것은 당연히 어리석은 짓입니다. 방해를 받거나 슬픈 일을 겪더라도 절대 다른 사람을 탓하지 말고 우리 자신의 태도를 탓합시다.

속 좁은 사람들은 자신의 불행을 두고 습관적으로 남을 탓합니다. 일반적인 사람들은 자신을 탓하지요. 그러나 지혜의 삶에 헌신하는 사람들은 누구를 탓하려는 충동이 어리석다는 것, 남이든 자신이든 탓해서 얻을 것이 없다는 것을 압니다.

누구를 탓하는 태도가 점차 사라진다는 것은 도덕적

진보가 이루어지는 징표 가운데 하나입니다. 우리는 손가락질하는 것이 쓸데없는 짓임을 압니다. 자신의 태도를 살피고 자신에게 노력을 기울일수록, 사나운 감정적 반응에 휩쓸려 원치 않은 일이 일어난 것을 쉽게 설명할 방법을 찾으려 하는 일이 줄게 됩니다.

일이란 그저 있는 그대로일 뿐입니다. 다른 사람들은 어차피 자기들 나름대로 생각할 뿐입니다. 그것은 우리와 아무런 관계가 없습니다. 부끄러워할 것도 없습니다. 탓할 것도 없습니다.

자신의 가치를 스스로 만들어라

Create Your Own Merit

절대 다른 사람의 칭찬에 의지하지 마십시오. 거기에서는 얻을 것이 없습니다. 자신의 가치를 바깥에서 얻을 수는 없는 일이지요. 누구를 사귀어서 찾을 수 있는 것도 아니고, 다른 사람들의 존경심에서 찾을 수 있는 것도 아닙니다. 다른 사람들, 심지어 당신을 사랑하는 사람이라 해도, 언제나 당신 생각에 동의하지는 않고, 언제나 당신을 이해하지는 않고, 언제나 당신의 열망을 함께 나누지는 않는다는 것이 피할 수 없는 인생의 현실입니다. 그러니 어른답게 행동하십시오! 다른 사람이 당신을 어떻게 생각하든 그것이 무슨 상관이란 말입니까!

당신 나름의 가치를 만드십시오.

자신의 가치는 뛰어난 사람들을 사귄다고 해서 얻어지는 것이 아닙니다. 당신에게는 당신 나름의 할 일이 있습니다. 어서 그 일에 달려들어 최선을 다하고 누가 당신을 지켜보든 상관치 마십시오.

이런 노력을 해서 무슨 명예를 얻을까, 남들로부터 어떤 칭찬을 받을까, 그런 생각은 하지 말고 당신 나름으로 유용한 일을 하십시오. 남이 당신의 가치를 대신해주는 법은 없거든요.

다른 사람의 승리나 탁월함은 그들 것입니다. 마찬가지로 당신의 소유물이 훌륭하다 해도 그것으로 당신이 훌륭한 사람이 될 수는 없습니다.

생각해보십시오. 진짜 당신만의 것은 무엇일까요? 당신이 얻게 되는 생각, 자원, 기회를 이용하는 것입니다. 책이 있나요? 그럼 그것을 읽으십시오. 거기에서 배우십시오. 그 지혜를 적용해보십시오. 전문적인 지식이 있나요? 그것을 좋은 일에 한껏 사용하십시오. 연장이 있나요? 그것을 꺼내서 무엇을 만들든지 고치든지 하십시오. 좋은 생각이 있나요? 계속 그 생각을 공글려보십시오. 당신이 얻은 것, 진짜 당신의 것을 최대한 활용하십시오.

진짜 당신의 것이 무엇인지 찾아냄으로써 당신의 행동이 자연과 조화를 이룰 때, 그때는 스스로에게 만족할 수 있고 편안해질 수 있습니다. 누구도 뭐랄 수 없지요.

자신의 주된 의무에 집중하라

Focus on Your Main Duty

쉬고 즐길 만한 때와 장소도 있지만 그것 때문에 당신의 진짜 목적을 망칠 수는 없는 노릇입니다. 배를 타고 여행할 때 배가 잠시 항구에 정박하면 물을 얻으러 상륙할 수도 있고 조개나 예쁜 풀을 주울 수도 있습니다. 하지만 조심하십시오. 선장이 부르지 않나 귀를 기울이고 있어야 합니다. 늘 배 쪽으로 신경을 곤두세우고 있어야 합니다. 사소한 것에 한눈팔다 일을 그르치기 십상이기 때문이지요. 언제든지 선장이 부르면 모든 잡다한 일을 팽개치고 뒤도 돌아보지 말고 달려가야 합니다.

나이가 많습니까? 그러면 배에서 멀리 가지 마십시오. 선장이 부르는데 제시간에 가지 못할지도 모르니까요.

일이 일어나는 대로 받아들여라

Accept Events As They Occur

일이 당신 원하는 대로 전개될 것이라고 기대하지도 말고 그렇게 요구하지도 마십시오. 일이 실제로 일어나는 대로 받아들이십시오. 그렇게 하면 평화를 얻을 수 있습니다.

당신의 의지는 늘 당신 마음대로 할 수 있다

Your Will Is Always Within Your Power

사실 그 무엇도 당신을 막을 수는 없습니다. 사실 그 무엇도 당신을 제지할 수는 없습니다. 당신 자신의 의지는 늘 당신 뜻대로 할 수 있기 때문입니다.

몸은 병에 걸릴 수 있습니다. 그러나 어디 당신이 몸뿐입니까? 다리를 저는 것이 방해가 될 수는 있습니다.* 그러나 어디 당신이 다리뿐입니까? 당신의 의지는 다리보다 큽니다.

어떤 일이 일어나도 당신이 허락하지 않으면 당신의 의지는 영향을 받지 않습니다. 당신에게 무슨 일이 일어나든 이 점을 잊지 마십시오.

* 에픽테토스는 다리를 저는 장애인이었다.

당신에게 일어나는 일을 최대한 활용하라

Make Full Use of What Happens to You

삶의 모든 어려움은 자신의 내면으로 고개를 돌려 그 속에 잠겨 있는 내적 자원을 끌어낼 수 있는 기회입니다. 우리는 시련을 견디어내면서 우리 힘을 발견할 수 있고 또 발견해야 합니다.

신중한 사람들은 사건 너머를 보면서 그 사건을 잘 활용하는 습관을 기르려 합니다.

어떤 사건이 일어날 때 되는대로 대응하지 마십시오. 우선 자신의 내부를 들여다보면서 당신에게 그 일에 대처할 수 있는 어떤 자원이 있는지 물어보십시오. 깊이 파고들어가십시오. 평소에는 있는지도 몰랐을지 모르지만 당신에게는 여러 가지 힘이 있습니다. 그 가운데 적당한 것을 고르십시오. 그것을 활용하십시오.

매력적인 사람을 만나면 당신에게 필요한 자원은 자제력입니다. 아프거나 힘이 없다면 체력이 필요합니다. 누가 욕을 한다면 인내가 필요합니다.

시간이 지나 일이 생길 때마다 거기에 맞는 내적 자원을 동원하는 습관이 붙으면 삶의 겉모습에 휘말려들지 않습니다. 압도당하는 느낌도 많이 사라지지요.

당신이 가진 것을 소중히 여겨라

Care for What You Happen to Have

사실 우리는 빼앗길 것이 아무것도 없습니다. 잃을 것이 없지요. "잃어버렸다"고 말하지 않고 대신 "왔던 곳으로 돌아갔다"고 말할 때 내적 평화가 시작됩니다. 자식이 죽었나요? 아이는 왔던 곳으로 돌아간 것입니다. 짝이 죽었나요? 당신 짝은 왔던 곳으로 돌아간 것입니다. 재산과 땅을 빼앗겼나요? 그 또한 왔던 곳으로 돌아간 것입니다.

나쁜 사람이 당신 소유물을 빼앗아서 화가 났습니까? 애초에 당신에게 그것을 주었던 세상에 되돌려준 것뿐인데 왜 근심한단 말입니까?

중요한 것은 나그네가 여관에서 방을 아끼듯이, 세상

이 당신에게 맡긴 것을 맡는 동안 소중히 아끼는 것입니다.

좋은 삶은 내적 평정의 삶이다

The Good Life Is the Life of Inner Serenity

마음의 평정은 높은 수준의 삶을 살아간다는 분명한 증거입니다. 도덕적 진보를 이루면 내적 혼란으로부터 자유를 얻습니다. 이것이냐 저것이냐를 놓고 안달복달하지 않습니다.

높은 수준의 삶을 원한다면 일반적인 사고방식에서 벗어나십시오. 예를 들어 이런 것입니다. "더 열심히 일하지 않으면 나는 절대 품위 있게 살 수 없을 것이고, 아무도 나를 인정하지 않을 것이고, 나는 아무것도 아닌 존재가 되고 말 거야." 또는 이런 것입니다. "내가 직원을 야단치지 않으면, 직원이 나를 만만하게 보고 기어오르겠지."

부자로 살면서 걱정과 공포와 의심과 고삐 풀린 욕망에 시달리느니 슬픔이나 두려움 없이 굶어 죽는 것이 훨씬 낫습니다.

당장 극기 훈련을 시작하십시오. 그러나 겸손하게, 작지만 짜증나는 일부터 시작하십시오. 아이가 뭘 엎질렀습니까? 지갑을 어디에 두었는지 잊어버렸습니까? 이렇게 스스로를 타이르십시오. "이런 불편에 차분하게 대처하는 것이 내적 평정을 얻기 위해, 근심으로부터 자유를 얻기 위해 치러야 하는 대가다. 아무런 대가 없이 뭘 얻을 수는 없는 것 아니냐."

자식을 부를 때는 자식이 대답하지 않을지도 모른다는 각오를 하고, 자식이 대답을 한다 해도 당신이 하는 말을 듣지 않을지도 모른다는 각오를 하십시오. 어떤 상황에서든 당신이 흥분하는 것은 당신 자식에게 도움이 되지 않습니다. 당신 자식에게 휘둘려 마음이 어지러워서야 되겠습니까?

관심사가 아닌 것은 무시하라

Disregard What Doesn't Concern You

영적인 진보를 이루려면 본질적인 것에 집중하고 다른 모든 것은 주의를 기울일 가치가 없는 사소한 것으로 무시해버려야 합니다. 더욱이 당신의 관심사가 아닌 것에서 어리석고 단순하다는 이야기를 듣는 것은 사실 좋은 일이지요. 다른 사람이 당신에게서 어떤 인상을 받든 상관하지 마십시오. 그들은 겉모습을 보고 감탄하기도 하고 속기도 합니다. 당신의 목적을 고수하십시오. 그것만이 당신의 의지를 강화해주고 당신의 삶에 일관성을 부여합니다.

다른 사람의 승인이나 칭찬을 얻으려고 안달하지 마십시오. 당신은 더 높은 길을 가고 있습니다. 다른 사람이 당신을 세련되고 독특하고 지혜로운 사람으로 보아주기를 바라지 마십시오. 오히려 당신이 다른 사람 눈에 특별하게 비치면 의심을 하십시오. 그릇된 자만심을 경계하십시오.

당신 뜻대로 할 수 없는 일에 관심을 가지면서 당신의 의지와 진리 사이에 조화를 이루기를 바랄 수는 없습니다. 둘 중의 한 가지에 몰두하면 다른 것은 태만히 하기 마련입니다.

소망을 현실에 일치시켜라

Conform Your Wishes to Reality

좋든 싫든 삶과 자연은 우리가 바꿀 수 없는 법칙들의 지배를 받습니다. 이 사실을 빨리 받아들일수록 마음도 더 편안해집니다. 자식이나 짝이 영원히 살기를 바라는 것은 어리석은 일입니다. 그들이나 당신이나 다 죽을 운명이며 죽음의 법칙은 당신 손을 완전히 떠난 문제입니다.

마찬가지로 직원이나 친척이나 친구가 흠이 없기를 바라는 것도 어리석습니다. 그것은 당신 뜻대로 할 수 없는 일을 뜻대로 하기를 바라는 것이지요.

욕망에 휩쓸리지 않고 사실에 욕망을 맞추면 욕망 때문에 실망하지 않는 것이 가능합니다. 그것은 우리 뜻대로 되는 일입니다.

누가 우리에게 원하는 것을 준다거나 원하지 않는 것을 없애준다면 우리는 궁극적으로 그 사람의 지배를 받게 됩니다. 자유를 원한다면 아무것도 바라지 말고 남에게 의존해야 하는 일은 피하십시오. 그러지 않으면 당신은 늘 무력한 노예에서 벗어나지 못합니다.

진정한 자유가 무엇인지, 어떻게 그것을 얻을지 제대로 이해하십시오. 자유는 당신 마음대로 할 수 있는 권리나 능력이 아닙니다. 자유는 우리 힘의 한계와 신의 섭리에 따라 설정된 자연적 한계를 이해하는 데서 시작됩니다. 삶의 한계를 받아들이고, 불가피한 것들을 받아들이고 그것과 싸우려 하지 않고 더불어 살면 자유로워집니다. 반대로, 우리 뜻대로 할 수 없는 것들에 대한 덧없는 욕망에 굴복하면 자유를 잃고 말지요.

삶을 잔칫상으로 여겨라

Approach Life As a Banquet

삶을 우아하게 행동해야 하는 잔치에 참여하는 것으로 생각하십시오. 음식 쟁반이 돌아오면 손을 뻗어 적당한 양만 덜어야 합니다. 음식 쟁반이 지나갔으면 이미 접시에 덜어놓은 것만 먹어야 합니다. 음식 쟁반이 아직 오지 않았으면 차분하게 당신 차례가 오기를 기다려야 합니다.

당신 자식, 배우자, 일, 돈을 대할 때에도 이런 절제와 감사의 태도를 유지하십시오. 안달하고 샘을 내고 움켜쥘 필요가 없습니다. 당신 차례가 오면 적당한 양을 얻게 될 테니까요.

디오게네스와 헤라클레이토스야말로 설익은 충동을

따르지 않고 그런 원칙을 따라 살았던 완벽한 모범입니다. 그들의 귀중한 본을 따르려고 노력하십시오.

남의 부정적 관점을 따르지 말라

Avoid Adopting Other People's Negative Views

남의 관점이나 고민은 전염성이 있습니다. 다른 사람들과 사귀다 자신도 모르게 부정적이고 비생산적인 태도를 배워 당신 자신을 망치지 마십시오.

낙담한 친구를 만날 때, 슬퍼하는 부모를 만날 때, 갑자기 불행을 겪은 동료를 만날 때, 그들의 겉으로 보이는 불행에 압도당하지 않도록 조심하십시오. 사건 자체와 그 사건에 대한 해석을 구분하십시오. 스스로 이렇게 타이르십시오. "이 사람을 아프게 하는 것은 그 일 자체가 아니다. 다른 사람이라면 이런 상황에서 전혀 우울하지 않을 수도 있다. 이 사람이 괴로운 것은 무비판적으로 받아들인 대응방식 때문이다."

우리가 좋아하는 사람들을 그릇되고 부정적인 감정으로 끌어들이는 것은 친절도 우정도 아닙니다. 감상적인 반응은 피하고 거리를 두는 것이 자신을 돕고 남을 돕는 길입니다.

그럼에도 우울하거나 상처받았거나 좌절한 사람과 대화를 나누게 되거든, 상냥한 태도로 그의 말을 들으십시오. 다만 함께 나락으로 떨어지지는 마십시오.

당신에게 주어진 역할에 충실하라

Act Well the Part That Is Given to You

우리는 연극에 나오는 배우와 같습니다. 신성한 의지는 우리와 상의도 하지 않고 우리에게 인생에서 어떤 역할을 맡겼습니다. 어떤 사람들은 짧은 극에 출연하고 어떤 사람들은 긴 극에 출연합니다. 가난한 사람 역할을 맡을 수도 있고, 절름발이 역할을 맡을 수도 있고, 저명인사나 지도자 역할을 맡을 수도 있고, 평범한 시민 역할을 맡을 수도 있습니다.

우리가 맡을 역할을 우리가 정할 수는 없지만 그래도 우리에게 맡겨진 역할을 최선을 다해 연기하고 불평을 안 하는 것이 우리가 할 일입니다. 어떤 상황에 놓이건 흠잡을 데 없이 연기하십시오.

독자 역할을 해야 한다면 읽으십시오. 작가 역할을 해야 한다면 쓰십시오.

일어나는 모든 일에는 그럴 만한 이유가 있다

Everything Happens for a Good Reason

어떤 생각을 하면 실제로 그렇게 됩니다. 따라서 미신에 빠진 사람처럼 어떤 사건에 원래 있지도 않은 힘이나 의미를 부여하지 마십시오. 이성을 잃지 마십시오. 우리의 혼란스러운 마음은 늘 서둘러 결론으로 뛰어가려 하며 있지도 않은 조짐을 만들고 해석하려 합니다.

그러지 말고, 당신에게 일어나는 모든 일이 다 당신에게 어느 정도는 도움이 된다고 생각하십시오. 당신이 운이 좋다고 결정을 내리면 당신은 운좋은 사람이 됩니다. 실제로 모든 일에는 당신에게 도움이 되는 면이 있습니다—당신이 찾아내기만 한다면!

행복은 내부에서만 찾을 수 있다

Happiness Can Only Be Found Within

삶에서 가치가 있는 유일한 목표는 자유입니다. 자유를 얻는 방법은 우리 뜻대로 할 수 없는 것들을 무시하는 것입니다. 우리 마음이 두려움과 야망으로 재앙의 솥단지처럼 부글거리면 마음이 가벼워질 수가 없지요.

무적이 되고 싶습니까? 그럼 당신 뜻대로 할 수 없는 전투에는 가담하지 마십시오. 당신의 행복을 좌우하는 것은 세 가지이며, 그 세 가지 모두 당신 뜻대로 할 수 있습니다. 첫째는 당신의 의지이며, 둘째는 당신이 관련된 사건들에 대한 당신의 생각이며, 셋째는 당신이 자신의 생각을 이용하는 방식입니다.

진정한 행복은 외적 조건과 전혀 관계가 없습니다. 방

심하지 말고 외적 조건에 무관심해지는 연습을 하십시오. 당신의 행복은 오직 당신 내부에서만 찾을 수 있습니다.

우리는 얼마나 쉽게 웅변에, 직책에, 학위에, 명성에, 직업에, 좋은 옷에, 멋진 처신에 현혹되고 속아넘어갑니까? 저명인사가, 공인이, 정치 지도자가, 부자가, 지식이 많은 사람이, 예술가가 반드시 행복할 것이라고 지레짐작하지 마십시오. 그것은 겉모습에 현혹당하는 것이며 그렇게 되면 당신 자신을 의심하게 될 뿐입니다.

잊지 마십시오. 선의 진정한 본질은 당신 뜻대로 할 수 있는 것에서만 찾을 수 있습니다. 이 점을 잊지 않는다면 헛된 질투를 하지도 않을 것이고 쓸쓸하지도 않을 것이며 당신 자신이나 당신이 한 일을 남이나 남이 한 일과 비교해보는 궁상맞은 짓도 하지 않을 것입니다.

다른 사람을 돌아보지 말고 오직 당신 자신의 최고의 모습을 보여줄 수 있도록 노력하십시오. 그것은 당신의 힘으로 할 수 있는 일입니다.

아무도 당신을 해칠 수 없다

No One Can Hurt You

사람들에게는 당신을 해칠 힘이 없습니다. 누가 당신을 욕하고 때린다 해도, 당신을 모욕한다 해도, 그것을 모욕으로 보느냐 안 보느냐는 늘 당신의 선택입니다. 누가 당신의 화를 돋울 때, 당신을 화나게 하는 것은 당신 자신의 반응일 뿐입니다. 따라서 누가 자꾸 당신을 자극하는 것처럼 보일 때 당신을 자극하는 것은 그 사건에 대한 당신의 판단뿐이라는 점을 잊지 마십시오. 단순한 겉모습에 흥분하지 마십시오.

그 순간 즉시 반응하지 않도록 노력하십시오. 상황으로부터 떨어지십시오. 넓게 보면서 마음을 가라앉히십시오.

영적 진보는 죽음과 재난을 직시할 때 이루어진다

Spiritual Progress Is
Made Through Confronting Death and Calamity

삶의 고통스러운 사건들로부터 눈을 돌리지 말고 똑바로 보면서 그것을 자주, 깊이 생각하십시오. 죽음, 병, 상실, 실망이라는 현실을 직시하면 착각과 그릇된 희망에서 벗어날 수 있고 비참한 생각과 질투에서 벗어날 수 있습니다.

이상을
소중히 간직하라

Implant in Yourself the Ideals You Ought to Cherish

영적으로 우월한 것에 애착을 가지십시오. 다른 사람들이 어떻게 생각하든, 어떻게 행동하든 상관하지 마십시오. 주위에서 어떤 일이 벌어지건 자신의 진정한 갈망을 잊지 마십시오.

지혜를 좇으면
비판이 몰려온다

The Pursuit of Wisdom Attracts Critics

높은 수준의 지혜로운 삶을 추구하는 사람들, 영적 원칙에 따라 살고자 하는 사람들은 조롱을 받고 비난을 당할 각오를 해야 합니다.

사회적으로 받아들여지기 위해, 안락한 생활을 위해 자신의 개인적 기준을 계속 낮추어온 사람들은 철학하는 마음을 가진 사람들, 영적 이상의 문제에서는 타협하지 않으려 하고 늘 자신을 개선하려 하는 사람들에게 쓰디쓴 앙심을 품는 경우가 많습니다. 그런 초라해진 영혼들의 자극에 일일이 반응하며 살지 마십시오. 그들에게 동정심을 품는 동시에 당신이 선하다고 믿는 것을 붙드십시오.

영적 진보를 이루려고 노력하면 아마 가장 가까이 있는 사람들이 당신을 조롱하거나 오만하다고 비난할 것입니다.

겸손하게 처신하되 당신의 도덕적 이상을 일관되게 고수하십시오. 당신 마음으로 최선이라고 믿는 것에 매달리십시오. 그렇게 해서 흔들림 없이 나아가면 당신을 조롱한 바로 그 사람들이 당신을 존경하게 될 것입니다.

남들의 비열한 뒷공론에 당신의 목적이 흔들리면 이중으로 부끄러운 일이 생깁니다.

것이 당신의 품성이나 행복에 진정 무슨 영향을 줍니까? 전혀 영향을 주지 않습니다. 따라서 권력 중개인이 못 된다 한들, 유명인사가 못 된다 한들, 그것이 무슨 불명예가 되겠습니까? 당신 뜻대로 할 수 있는 영역, 당신이 진짜 달라질 수 있는 영역에서 뭔가를 이루어내는 것이 더 중요하지, 대단한 사람이 못 되는 것이 뭐가 그리 걱정할 일이겠습니까?

"그러나 권력과 명성 없이는 내 친구들을 도울 수가 없소." 당신은 그렇게 말할지도 모르겠습니다. 물론 당신은 친구들에게 돈을 줄 수도 없고, 권력의 맛을 보여줄 수도 없습니다. 하지만 왜 친구들이 다른 사람이 아니고 당신에게 그런 도움을 구하겠습니까? 누가 가지지도 않은 것을 달라고 하겠습니까? "그래도 돈과 권력이 있어서 그것을 친구들과 나누면 좋지 않겠소." 명예를 보존하면서, 가족과 친구들에게 충실하면서, 원칙과 자존심을 잃지 않으면서 돈을 벌고 권력을 얻을 수 있는 방법이 있습니까? 그런 방법이 있으면 나에게도 좀 가르쳐주십시오. 나도 한번 해보겠습니다. 그렇지만 내 개인적 성실성을 희생해야 한다면 나에게 그런 일을 강권하는 것은 어리석고 멍청한 일이 될 것입니다. 게다가 만일 의리 있고 명예를 존중하는 친구와 돈 사이에서 선택을 하라고 하면 당신은 어느 쪽을 택하겠습니까? 나를 밀어붙여 좋은 품성을 훼손할 일을 시키느니 내가 좋은 사람이 되도록 도와주는 것이 낫겠지요.

"그러나 나라에 대한 내 의무는 어쩐단 말이오?" 그것이 무슨 말입니까? 지금 엄청난 액수의 자선금을 내는 것이나 좋은 건물을 짓는 이야기를 하는 것입니까? 그것이 정말 문제입니까? 대장장이는 신발을 만들지 않고, 신발 만드는 사람은 무기를 만들지 않습니다. 모든 사람이 자기 할 일을 하는 것으로 충분합니다. "다른 사람이 나와 똑같은 일을 하면 어쩐단 말이오?" 좋지요. 그렇다고 당신의 일의 가치가 줄어드는 것은 아니니까요. "하지만 내 사회적 지위는 어쩐단 말이오?" 당신의 명예를 지키고 의무를 다한다면 어떤 자리에 앉든 다 좋습니다. 그러나 사회에 기여한다는 핑계로 도덕적 책임감을 저버린다면 무책임하고 염치없는 사람이 되어서 어떻게 동포에게 봉사할 수 있겠습니까?

명성과 권력을 얻는 것보다는 좋은 사람이 되어 자신의 의무를 다하는 것이 낫습니다.

얻는 것이 있으면 잃는 것이 있다

All Advantages Have Their Price

누가 특권과 기회를 누리거나 바라던 명예를 얻었습니까? 어떤 사람이 좋은 것을 얻었다면, 그 사람이 그것을 누리게 된 것을 기뻐하십시오. 이제 그 사람이 번창할 때인가 보지요. 그렇게 얻은 것이 결국 해가 된다 해도 당신한테 생긴 일이 아니니 걱정할 것이 없습니다.

잊지 마십시오. 다른 사람이 얻은 것을 얻으려면 당신도 그 사람과 똑같은 방법을 쓰고 똑같은 시간을 들여야 합니다. 진짜 대가를 치르겠다는 마음 없이 보답만 얻겠다고 생각하는 것은 말이 안 됩니다. 어떤 사람이 뭔가를 따냈다 해도 사실 당신보다 나을 것이 없습니다. 그 사람은 그것을 따내기 위해 틀림없이 대가를 치렀을 것이기 때문입니다.

살면서 뭔가를 얻기 위해 대가를 치를지 말지, 우리는 언제나 선택을 할 수 있습니다. 사실 대가를 치르지 않는 것이 나은 경우가 많습니다. 그 대가가 우리의 성실성일 수도 있으니까요. 존경하지도 않는 사람을 억지로 칭찬해야 할 수도 있으니까요.

자연의 의지를 당신 것으로 만들어라

Make the Will of Nature Your Own

자연의 의지를 배우십시오. 그것을 연구하고 거기에 주의를 기울여 그것을 당신 것으로 만드십시오.

자연의 의지는 모든 사람에게 공통된 일상적 경험을 통해 우리에게 드러납니다. 예를 들어 이웃집 아이가 그릇을 깬다거나 하면 우리는 쉽게 이렇게 말합니다. "뭐 흔히 있는 일이지." 당신의 그릇이 깨졌을 때도 다른 사람의 그릇이 깨졌을 때와 똑같이 반응해야 합니다.

감정에서나 세속적 영향에서 더 중요한 문제도 똑같이 이해해야 합니다. 다른 사람의 아이나 짝이 죽었습니까? 그런 상황에서는 모두가 이렇게 말할 것입니다. "그것이 삶의 순환이지. 모두가 죽는 것인데 뭐. 불가피한 일이야."

그러나 우리 자신의 아이나 귀중한 사람이 죽으면 우리는 이렇게 소리치기 십상입니다. "슬프다! 내 신세가 어찌 이리 처량할까!"

그럴 때는 다른 사람에게 비슷한 일이 생겼을 때 당신 감정이 어땠는지를 기억하십시오. 그 감정을 당신의 현재 상황으로 옮겨오십시오. 모든 일, 심지어 죽음도 지성(知性)으로 받아들이는 법을 배워야 합니다.

우리의 진정한 목적은 극기다

Self-Mastery Is Our True Aim

악은 원래 세상에, 사건에, 사람들 속에 있는 것이 아닙니다. 악은 망각, 게으름, 산만의 부산물입니다. 악은 우리가 삶의 진정한 목적을 잊을 때 생깁니다.

우리의 목적이 영적 진보임을 기억하면 자아를 최고로 실현하려고 노력하는 일로 돌아가게 됩니다. 사실 그것이 행복을 얻는 비결이지요.

정신을 귀중히 여기고, 이성을 소중히 간직하고, 목적을 고수하라

Treasure Your Mind,
Cherish Your Reason, Hold to Your Purpose

정신을 내주지 마십시오.

만일 누가 당신 몸을 지나가는 사람에게 그냥 내주면 당신은 당연히 화를 내겠지요.

그런데 당신에게 영향을 끼치고자 하는 사람에게 귀중한 정신을 내주었을 때는 왜 부끄러움도 못 느낍니까? 당신을 욕하는 사람에게 정신을 내주기 전에 미리 잘 생각하십시오. 그런 사람에게 내주고 나면 혼란스럽고 속만 상할 뿐이기 때문입니다.

앞서 닥친 일과 뒤따를 일을 생각하고, 그후에 행동하라

Consider What Comes First, Then What Follows, and Then Act

어떤 행동을 하기 전에 먼저 살펴보고 시험하는 습관을 기르십시오. 순간의 충동에 따라 급하게 행동하는 것을 피하려면 앞으로 나아가기 전에 한 걸음 물러나 큰 그림을 살피십시오. 먼저 눈앞에 일어난 일을 살피고, 그것이 어떤 결과를 낳을지 생각해보고, 그러고 나서 당신이 알게 된 것에 따라 행동하십시오.

아무 생각 없이 무작정 의욕에 넘쳐 일을 시작하는 경우가 많습니다. 그러다가 예측하지 못한 결과, 또는 원치 않는 결과가 뒤따르면 부끄럽게도 뒤로 물러나 후회하고 맙니다. "이렇게 하지 말았어야 해. 저렇게 할 수도 있었는데. 다르게 해야 했는데."

예를 들어 올림픽 경기에 나가 우승을 하고 싶다고 해봅시다. 그것은 좋습니다. 그러나 먼저 당신이 어떤 일에 뛰어드는 것인지 충분히 생각해봐야 합니다. 그 욕망을 충족시키는 데는 무엇이 필요합니까? 무슨 일을 먼저 해야 합니까? 그다음에는 또 무슨 일을 해야 합니까? 당신에게 요구되는 것은 무엇입니까? 그렇게 하면 또 어떤 결과가 생깁니까? 이런 과정 전체가 당신에게 정말로 도움이 됩니까? 그렇다면 하십시오.

올림픽 경기에 나갈 준비를 제대로 하려면, 인내의 한계에 이를 정도의 엄격한 훈련이 필요합니다. 규칙을 따르고 적당한 식사를 하고 더우나 추우나 규칙적으로 열심히 연습하고 술을 끊어야 합니다. 마치 의사의 말을 따르듯 훈련시키는 사람의 말을 따라야 합니다. 그렇게 해서 실제로 시합에 나간다 해도 도랑에 내동댕이쳐질 수도 있습니다. 팔을 다칠 수도 있고 발목을 삘 수도 있고 진창에 얼굴을 박을 수도 있습니다. 그 꼴을 다 당한 뒤에 결국 질 수도 있습니다.

그런 가능성들을 다 생각해보고, 일어날 일들과 그 결과들을 따져보고, 그래도 결심이 흔들리지 않는다면 판단을 해보십시오. 전체적인 그림이 여전히 당신에게 유익해 보인다면 시합에 나가십시오. 나가서 전심전력으로 뛰십시오.

큰 그림을 생각하면 어떤 일이든 장난삼아 할 수가 없습니다. 안락하고 재미있을 때만 하다가 치울 수 없다는 것입니다. 그렇게 하는 것은 천박한 행동입니다. 철저하게 생각한 다음 완전히 헌신하십시오! 그러지 않으면 당신은 어느 때는 레슬러가 되었다가 어느 때는 군인이 되었다가 어느 때는 음악가가 되었다가 어느 때는 비극 배우가 될 것입니다. 바로 철없는 아이들이 하는 짓이지요.

우리 일에 모든 것을 바치지 않으면 우리는 겉치레뿐인 피상적인 사람이 되어 타고난 재능을 계발할 수 없습니다. 우리 주위에도 그 순간 새롭게 반짝이는 것을 원숭이처럼 흉내내는 사람들이 있지 않습니까. 그 순간이 지나면 열의와 노력은 시들해지고 일에 조금 싫증이 나거나 부담이 생기면 그만두고 맙니다.

하는 둥 마는 둥 해서는 아무런 힘도 발휘하지 못합니다. 어정쩡한 노력은 어정쩡한 결과를 낳을 뿐입니다. 보통 사람들은 아무 생각 없이 머리를 처박듯이 일에 뛰어듭니다. 그러다가 유프라테스처럼 모범이 되는 인물을 만나 감명을 받고 더 나아지려고 노력할 수도 있지요. 이렇게만 되면 다 좋은 일이지만, 우선 당신의 갈망의 진정한 본질을 생각하고 그것을 당신 능력에 비추어보십시오.

스스로에게 솔직하십시오. 자신의 장점과 약점을 냉정하게 따져보십시오. 이번에 어떤 일을 해내는 데 필요한 것은 갖추고 있습니까? 예를 들어 레슬러가 되려면 어깨, 등, 허벅지에 특별한 힘이 필요합니다. 당신에게는 레슬러 가운데서 일류가 될 만한 체력과 민첩성이 있습니까? 챔피언이 되고 싶어하는 것, 어떤 일을 능숙하게 하는 것과 실제로 그것을 하는 것, 그것도 진정으로 능숙하게 하는 것은 다른 문제입니다. 사람마다 자기 할 일이 따로 있습니다.

어떤 분야에서 성공하려면 어떤 능력이 필요하듯이 희생도 필요합니다. 지혜롭게 사는 기술을 능숙하게 구사하고 싶다면서 과식과 과음을 할 수 있겠습니까? 습관적으로 분노에, 또 좌절과 불행에 굴복할 수 있겠습니까? 안 되지요. 당신이 진정한 지혜를 바라는 사람이라면, 그리고 당신이 진지한 사람이라면, 당신이 할 일이 있습니다. 우선 온갖 불건전한 갈망과 반사적인 반응에서 벗어나야 합니다. 사귀는 사람들에 대해서도 다시 생각해보아야 합니다. 당신의 친구들은 훌륭합니까? 그들의 영향력이, 그들의 습관, 가치, 행동이 당신을 고양시켜줍니까, 아니면 당신이 벗어나고 싶은 너저분한 습관들을 강화해줍니까? 지혜의 삶은 다른 삶들과 마찬가지로 대가를 요구합니다. 그 삶을 따르려다가 조롱을 당할 수도 있고, 당신의 일, 지위, 법정에서의 법적 지위 등 당신의 공적 생활 전반에 걸쳐 모든 것이 최악의 상태에 빠질 수도 있습니다.

수준 높은 삶을 살기 위해 노력하는 데 필요한 모든 세부 사항들을 검토해보았다면 이제 모든 노력을 기울여 밀고 나가십시오. 그것이 가장 가치 있는 목표, 즉 자유와 차분한 마음과 평정을 위해서 치러야 할 대가라면 필요한 희생을 마다하지 마십시오. 그러나 당신의 기질을 정직하게 평가해본 뒤에 자신이 이런 일에 적당치 않거나 준비가 안 되었다고 생각된다면 미망에서 벗어나 좀더 현실적인 다른 길을 걸으십시오.

당신의 기질에 맞지도 않는 것이 되려 하면, 또는 현재의 능력을 완전히 벗어난 목표를 세우면, 결국 말만 앞세우는 우스꽝스러운 신세가 되어, 처음에는 지혜로운 사람이 되려 했다가 그다음에는 관료가 되려 했다가 정치가가 되려 했다가 시민 지도자가 되려 하는 등 갈팡질팡하게 됩니다. 이 역할들은 일관성이 없습니다. 아무리 마음이 끌리는 것이 많더라도 모든 방향으로 다 가볼 수는 없습니다. 모든 것을 다 집적거리면서 동시에 성실하고 보람 있는 삶을 살기란 불가능하지요.

당신은 한 사람일 수밖에 없습니다—좋은 사람이거나 나쁜 사람이죠. 당신에게는 본질적으로 두 가지 선택이 있습니다. 하나는 이성을 계발하고 진리를 고수하는 것이고, 또하나는 외적인 것을 갈망하는 것입니다. 선택은 당신이, 오직 당신만이 할 수 있습니다. 내적인 일에 자신의 기술을 동원하거나 아니면 외적인 것에 몰두하십시오. 다시 말해서, 지혜로운 사람이 되거나, 아니면 평범한 사람이 되는 일반적인 길을 따르라는 것입니다.

우리의 의무는
다른 사람들과의 관계에서 드러난다

Our Duties Are
Revealed by Our Relations with One Another

당신은 고립된 실체가 아니라 우주를 구성하는 유일무이하고 대체 불가능한 한 부분입니다. 이 점을 잊지 마십시오. 당신은 인류라는 퍼즐에서 절대 빼놓을 수 없는 한 조각입니다. 우리 각자는 광대하고 복잡하면서도 완벽하게 질서가 잡힌 인간 공동체의 한 부분입니다. 그러나 당신은 어디에서 이 인류의 그물과 연결되고 있는 것일까요? 당신은 누구에게 신세를 지고 있는 것일까요?

다른 사람들과 어떻게 관련을 맺고 있는지 살펴보고 그 관련을 이해하십시오. 우리가 서로 맺고 있는 자연스러운 관계들을 파악하고 거기에서 우리 의무를 확인하면 우주의 구도 속에서 우리의 자리를 제대로 찾을 수 있습니다. 우리의 의무는 가족, 이웃, 일터, 나라와 같은 근본적인 관계들에서 자연스럽게 떠오릅니다. 늘 버릇처럼 부모, 자식, 이웃, 시민, 지도자라는 당신의 역할, 그리고 거기에서 생기는 자연스러운 의무를 생각하십시오. 당신이 누구인지 또 누구와 연결되어 있는지 알게 되면, 무슨 일을 해야 하는지 알 수 있습니다.

예를 들어 어떤 사람이 당신의 아버지라면 거기에서부터 감정적이고 실제적인 요구가 나옵니다. 그가 당신의 아버지라는 사실 때문에 둘 사이에는 근본적이고 지속적인 고리가 형성됩니다. 당신에게는 아버지를 돌보고 그의 조언을 듣고 그의 안내를 존중해야 할 당연한 의무가 있습니다.

그러나 당신의 아버지가 좋은 아버지가 아니라고 해봅시다. 우둔하고 교양 없고 거칠고 또 생각도 당신과는 완전히 다르다고 해볼까요. 그런데 자연이 모든 사람에게 이상적인 아버지를 줍니까, 아니면 그냥 아버지를 줍니까? 자식으로서 당신의 근본적인 의무가 문제될 때는 아버지의 성격이나 인격이나 습관 같은 것은 부차적인 것이 됩니다. 신의 질서는 우리 입맛에 맞게 사람이나 환경을 설계해주지 않습니다. 좋든 싫든 그 사람은 결국 당신 아버지이고 당신은 자식으로서 모든 의무를 다해야 합니다.

형제나 자매가 당신에게 못되게 군다고 해봅시다. 그게 무슨 상관입니까? 그런 것과 상관없이 당신은 형제나 자매에 대한 근본적인 의무를 인식하고 또 이행해야 합니다. 이것은 도덕적 명령입니다. 형제나 자매가 하는 일에 한눈팔지 말고 당신의 고상한 목적을 성취하는 데만 몰두하십시오. 당신의 목적은 자연과 조화를 이루어야 합니다. 그것이 자유에 이르는 진정한 길이기 때문입니다. 다른 사람들은 그들 멋대로 행동하라고 하십시오. 어차피 그것은 당신 마음대로 할 수 있는 일이 아니며 따라서 걱정할 필요도 없습니다. 자연 전체는 이성에 따라 질서를 이루고 있지만 자연 안의 모든 것이 이성적이지는 않다는 점을 이해해야 합니다.

지혜롭고 품위 있게 행동하는 데 전념하고 당신의 의도와 행동을 신성한 의지에 일치시키도록 노력하면 다른 사람들의 말이나 행동 때문에 피해를 본다는 느낌에서 벗어날 수 있습니다. 최악의 경우라 해도 그런 말이나 행동은 재미있거나 한심해 보일 것입니다.

심한 육체적 공격을 한다면 모를까, 당신이 허락하지 않는 한 다른 사람들은 당신에게 해를 끼치지 못합니다. 그 사람이 부모건 형제건 자매건 스승이건 고용주이건

다를 바 없습니다. 해를 입는 데 동의하지 않으면 해를 입지 않습니다. 이것은 당신 뜻대로 선택할 수 있는 문제입니다.

대부분의 사람들은 겉모습에 현혹되어 기분좋은 일을 하거나 안락을 주는 일을 하는 데서 자유가 나온다고 생각하는 경향이 있습니다. 그러나 순간의 감정에 이성을 내맡기는 사람들은 욕망과 혐오의 노예들일 뿐입니다. 전혀 준비가 안 되어 있기 때문에, 예기치 않은 문제가 생기면 고상하고 유능하게 행동할 수가 없는데, 그런 문제는 반드시 생기는 법이지요.

진정한 자유는 우리에게 많은 것을 요구합니다. 서로의 근본적인 관계를 발견하고 이해할 때, 의무를 다하려고 노력할 때, 모든 사람들이 바라 마지않는 진정한 자유를 얻을 수 있습니다.

믿는 마음의 본질

The Essence of Faithfulness

믿는 마음의 본질은 무엇보다도 궁극적인 것에 대해 정확한 견해와 태도를 유지하는 것입니다. 신성한 질서는 지적이며 근본적으로 선하다는 것을 잊지 마십시오. 삶은 일련의 무작위적이고 의미 없는 에피소드들이 아니라 우아하게 질서가 잡힌 하나의 전체로서 궁극적으로 이해 가능한 법칙들을 따르고 있습니다.

신성한 의지는 존재하며 정의와 선으로 우주를 지휘합니다. 사물의 표면만 봐서는 잘 드러나지 않을지 모르지만 우리가 사는 우주는 가능한 최선의 우주입니다.

정의와 선과 질서를 찾아내겠다고 결심하십시오. 그러면 모든 일에서 정의와 선과 질서가 드러나기 시작할 것입니다. 우주를 자신의 뜻대로 지휘하는 신성한 지성이 있다고 믿으십시오. 신성한 질서의 의지에 당신 삶의 방향을 맞추는 것을 궁극적 목표로 삼으십시오.

당신의 의도와 행동을 신성한 질서에 일치시키려고 노력하면, 박해받는다거나 무력하다거나 혼란스럽다거나 삶의 환경에 화가 치민다거나 하는 느낌들이 사라질 것입니다. 강하고 과감하고 자신만만해질 것입니다.

믿는 마음이란 맹목적 신앙이 아닙니다. 당신 뜻대로 안 되는 것들은 피하고, 그런 것들은 책임이라는 자연적 체계에 따라 풀려나가도록 내버려둔다는 원칙을 확고하게 실천에 옮기는 것입니다. 사건들을 예상하거나 통제하려 하지 마십시오. 우아하게 지성적으로 받아들이십시오.

당신 힘을 벗어난 것들에 대해 그것이 원래 선한 것이었다느니 악한 것이었다느니 상상하는 일에 빠져들게 되면 당신의 정해진 목적에 충실할 수 없습니다. 그렇게 되면 우리 삶의 운명을 놓고 외적인 요인들을 탓하는 습관이 생길 수밖에 없고, 나아가 질투, 갈등, 실망, 분노, 비난의 부정적 소용돌이에 빠져 헤매게 됩니다. 해를 줄 것이라고 생각하는 것으로부터는 물러나고, 선하거나 도움이 될 것처럼 보이는 것들은 찾아가고 떠받드는 것이 모든 생물의 본성이기 때문입니다.

믿는 마음의 두번째 측면은 당신의 가족, 나라, 지역 공동체의 관습을 삼가 준수하는 것입니다. 순수한 마음으로 탐욕과 사치 없이 공동체의 의식들을 거행하십시오. 그러는 과정에서 당신 민족의 영적 질서 안으로 들어가게 되고, 결국 인류의 궁극적 갈망들을 확장하게 됩니다.

믿는 마음은 원한과 혼란의 해독제입니다. 믿는 마음이 있으면 거룩한 의지가 우리에게 뜻한 바를 받아들일 수 있는 자신감이 생깁니다. 당신의 목적은 세상을 통합된 전체로 보고, 당신의 온 존재를 바쳐 충실하게 최고의 선을 향하고, 자연의 의지를 당신의 의지로 받아들이는 것입니다.

사건은 비인격적이며, 좋지도 나쁘지도 않다

Events Are Impersonal and Indifferent

미래를 생각할 때는 모든 사건이 그것에 대한 우리의 감정과 관계없이 전개된다는 점을 잊지 마십시오. 우리를 흔드는 것은 사건 자체가 아니라 우리 자신의 희망과 공포입니다.

규율이 잡히지 않은 사람들은 개인적인 반감과 공감에 휘말려 늘 자신의 검증받지 못한 생각을 키워주거나 강화해줄 증거들을 찾게 되지요. 그러나 사건들은 비인격적입니다. 신중한 사람들은 자신에게 유익한 방식으로 사건에 반응할 수 있고, 또 그렇게 반응해야 합니다.

사건을 인격화하여("이것은 나의 승리야"라든가, "저것은 그의 실수야"라든가, "이것은 나의 큰 불행이야"라는 식으로) 자신이나 인간 본성에 대해 실망스러운 결론을 내리지 말고 사건의 어떤 측면을 어떻게 이용할 것인가를 고민하십시오. 지금 일어난 사건에 언뜻 잘 드러나지는 않지만 훈련받은 눈에는 보이는 좋은 점이 있습니까? 주의를 기울이십시오. 탐정이 되십시오. 그러면 현재의 사건에서 배울 수 있는 교훈을 끌어내어 그것을 장래의 비슷한 사건에 적용할 수 있을 것입니다.

겉으로는 아무리 비참한 사건으로 보여도 어떤 사건에서든 반드시 감추어진 기회를 찾아낼 수 있습니다. 그렇게 하지 못하는 것은 당신의 상상력이 빈곤하기 때문입니다. 그러나 어떤 상황에서 기회를 찾는 것은 큰 용기를 필요로 합니다. 주위에 있는 사람들은 대부분 사건을 엉터리로 해석하면서도 고집은 감당할 수 없이 세기 때문입니다. 성공이냐 실패냐, 좋으냐 나쁘냐, 옳으냐 그르냐. 이런 단순하고 극단화된 범주들은 창의적이고 유용한 해석, 훨씬 큰 도움을 주면서도 재미있는 해석을 막습니다!

지혜로운 사람은 미래에 희망이나 공포를 투사하는 것이 의미 없는 짓임을 압니다. 그렇게 하면 마음속에 감상적인 생각만 들어차 시간을 낭비하게 되지요.

그렇다고 수동적으로 미래에 끌려가면서 주는 대로

받아먹을 수는 없는 노릇이지요. 아무것도 안 하는 것은 위험을 피하는 것이 아니라 위험의 가능성을 더 높일 뿐입니다.

다가오는 상황에 대비하여 신중하게 계획을 세우고 준비를 해야 할 때가 있습니다. 미래에 대비한 올바른 준비는 좋은 개인적 습관을 형성하는 것입니다. 그렇게 하려면 일상생활의 모든 일에서 적극적으로 선을 추구하고, 당신의 모든 동기를 샅샅이 살펴 공포나 탐욕과 나태의 고삐에 얽매이지 않도록 해야 합니다. 그렇게 하면 외적인 사건들에 시달리지 않습니다.

자신을 속여 외적인 사건들을 조작할 수 있다고 생각하지 말고 대신 당신의 의도의 방향을 잘 조준하십시오. 기도를 하거나 명상을 하는 것이 도움이 된다면 얼마든지 그렇게 하십시오. 그러나 당신 자신의 이성을 동원해서 답이 안 나올 때, 다른 수단을 다 사용해보아도 해결이 안 될 때, 그때만 신의 조언을 구하십시오.

"좋은" 사건이 무엇입니까? "나쁜" 사건이 무엇입니까? 그런 것은 없습니다! 좋은 사람은 누구입니까? 모든 경우에 "지금 해야 할 올바른 일이 무엇이냐?" 하고 묻는 습관을 지닌 사람, 그럼으로써 마음의 평정을 얻은 사람입니다.

너그러운 충동은 억누르지 마라

Never Suppress a Generous Impulse

충동적으로 너그러운 마음이 생겼습니까? 그러면 그대로 따라가십시오. 특히 친구가 당신을 필요로 할 때는 그 충동에 의문을 제기하지 말고 친구를 위하여 행동하십시오. 망설이지 마십시오!

불편한 일이 생기지 않을까, 문제가 생기지 않을까, 위험이 생기지 않을까 추측하며 앉아 있지 마십시오. 이성의 안내를 따라가는 한 당신은 안전할 것입니다.

친구가 어려움에 처했을 때는 그를 돕는 것이 우리의 의무이지요.

어떤 사람이 되고 싶은지 분명히 정하라

Clearly Define the Person You Want to Be

정확히 어떤 사람이 되고 싶습니까? 어떤 부류의 사람이 되고 싶습니까? 당신의 개인적 이상은 무엇입니까? 누구를 존경합니까? 존경하는 사람의 어떤 특질을 당신 것으로 만들고 싶습니까?

이제 모호하게 굴 때가 아닙니다. 특별한 사람이 되고 싶습니까? 지혜로운 사람이 되고 싶습니까? 그렇다면 당신이 어떤 사람이 되고 싶은지 공개적으로 밝히십시오. 일기를 씁니까? 그러면 거기에 어떤 사람이 되고 싶은지 적으십시오. 그러면 그것을 자신에 대한 정의(定義)로 여기고 늘 들추어볼 수 있을 것입니다. 당신이 보여주고 싶은 태도를 정확히 묘사해보십시오. 그러면 혼자 있을 때나 다른 사람들과 있을 때나 그런 태도를 유지할 수 있습니다.

선한 목적만을 가지고 이야기하라

Speak Only with Good Purpose

우리는 행동과 결과의 도덕적 중요성에는 많은 관심을 기울입니다. 그러나 말에 담긴 도덕적 힘은 흔히 무시하는데, 높은 수준의 삶을 살고자 하는 사람들은 이 힘을 이해하게 됩니다.

도덕적 삶의 가장 분명한 표시는 올바른 말입니다. 말을 완전하게 하는 것은 진정한 영적 발전에서 대단히 중요한 부분입니다.

무엇보다도 말을 하기 전에 먼저 생각을 해야 선한 목적을 가지고 이야기할 수 있습니다. 입에 발린 말은 상대를 무시하는 것입니다. 편하게 속을 드러내는 말은 자신을 무시하는 것입니다. 그냥 스쳐지나가는 느낌, 생각, 인상을 모두 말로 표현해야 한다는 강박을 느끼는 사람들이 아주 많습니다. 그들은 결과를 생각하지 않고 마음속에 있는 것을 아무렇게나 쏟아놓습니다. 이것은 도덕적으로만이 아니라 실제로도 위험합니다. 크든 작든, 머릿속에 떠오르는 모든 생각을 그냥 나오는 대로 주절거리면, 아무 생각 없는 하찮은 수다의 흐름에 진짜 중요한 생각들도 묻혀 흘러가버리기 십상입니다. 제어되지 않은 말은 통제력을 잃고 제멋대로 날뛰며 수렁으로 향하는 마차와 같지요.

필요하다면 아예 입을 다물고 있거나 말을 아끼십시오. 말 자체는 선도 악도 아니지만 부주의하게 사용되는 경우가 워낙 많아 조심할 필요가 있습니다. 경솔한 말은 상처를 줍니다. 게다가 수다쟁이는 꼴사납지 않나요?

사회적인 요구나 직업적인 요구가 있을 때는 토론을 하십시오. 그러나 토론의 정신과 취지, 그리고 그 내용이 가치를 잃어서는 안 됩니다. 쓸데없는 말을 하고 싶은 유혹은 대단히 강합니다. 따라서 그 손아귀에서 벗어나 있으십시오.

물론 늘 고상한 이야기나 철학만 이야기할 수는 없지만, 가치 있는 토론을 가장한 평범한 수다는 당신의 높은 목적을 좀먹는 결과를 낳습니다. 하찮은 것들에 대해

허튼소리를 지껄이면 우리 자신이 하찮아집니다. 우리의 관심이 하찮은 곳으로 쏠리기 때문입니다. 당신은 당신이 관심을 쏟는 것과 같은 존재가 됩니다.

다른 사람에 대한 이야기를 하게 되면 그릇이 작아집니다. 특히 사람들을 비난하거나 칭찬하거나 비교하는 것을 피하십시오.

대화가 수다로 타락하면 대화를 다시 슬며시 건설적인 주제로 돌릴 방법이 없는지 찾아보십시오. 그러나 처음 보는 중요하지 않은 사람들과 함께 있다면 그냥 입을 다물고 있는 것이 좋습니다.

좋은 기분을 유지하면서 적당한 때에는 크게 웃지만 술집에서 하듯이 껄껄거리는 것은 피하십시오. 그러다보면 쉽게 천박함이나 악의에 빠져듭니다. 비웃지 말고, 함께 웃으십시오.

가능하면, 언제든, 무의미한 약속은 피하십시오.

잡기를 피하라

Avoid Most Popular Entertainment

흔히 오락으로 통하는 것은 대부분 열등하거나 어리석은 짓으로, 사람들의 약한 곳을 악용하거나 그런 데 영합할 뿐입니다. 그런 놀이에 빠져드는 무리에 속하지 마십시오. 당신 인생은 너무 짧아 중요한 일을 하기에도 바쁩니다. 당신 정신으로 받아들이는 이미지나 생각도 분별하십시오. 당신이 받아들이는 생각이나 이미지를 스스로 선택하지 않으면 다른 사람이 선택을 합니다. 그 사람의 동기가 꼭 고상하다고 할 수는 없겠지요. 자칫하면 자기도 모르는 새에 천박함으로 미끄러지기 쉽습니다. 그러나 저속한 것에 시간과 관심을 낭비하지 않겠다고 결심하면 그런 일은 일어나지 않습니다.

사람을 가려서 사귀어라

Be Careful About the Company You Keep

입으로는 무슨 말을 해도 실제로는 영적 가치에 따라 살지 않는 사람들이 많습니다. 따라서 사람을 조심해서 사귀십시오. 사람은 함께 어울리는 사람의 습관을 모방하기 마련입니다. 우리는 모르는 사이에 다른 사람들의 이익, 의견, 가치, 또 사건을 해석하는 습관을 채택합니다. 무엇이 가치 있고 무엇이 가치가 없는지 분간하는 훈련을 받지 못한 사람들은 의도는 좋더라도 당신에게 해로운 영향을 줄 수 있습니다.

어떤 사람이 당신한테 잘해준다고 해서 꼭 그 사람과 많은 시간을 보내야 합니까? 당신을 찾는다고 해서, 당신이나 당신의 일에 관심이 많다고 해서 꼭 그들과 사귀어야 합니까? 친구, 동료, 이웃으로 사귈 사람들을 선별하십시오. 그런 사람들은 당신의 운명에 영향을 줄 수 있습니다. 세상에는 유쾌하고 재능 있는 사람들이 가득합니다. 그러나 중요한 것은 당신을 향상시키는 사람들, 함께 있을 때 당신의 가장 좋은 모습을 보여주게 되는 사람들하고만 사귀는 것입니다. 하지만 도덕적 영향은 쌍방향이라는 것을 잊지 말고, 우리 역시 함께하는 사람들에게 우리의 생각, 말, 행동으로 긍정적 영향을 주도록 해야 합니다. 어떤 사람이 얼마나 훌륭한지 보려면 흔히 무시해버리는 작은 행동에 얼마나 주의를 기울이는지 보면 됩니다.

늘 자신에게 물어보십시오. "내 친구, 짝, 이웃, 자식, 상사, 부하, 동료에게 영향을 주는 나의 생각, 말, 행동은 어떠한가? 나는 만나는 모든 사람의 영적 발전에 도움을 주기 위해 내가 할 바를 하고 있는가?" 스스로 모범이 됨으로써 다른 사람에게서 가장 좋은 모습을 끌어내는 것을 당신의 의무로 여기십시오.

몸을 돌보라

Take Care of Your Body

몸의 요구에 관심을 기울이십시오. 몸이 건강해지도록 특별히 주의를 기울이십시오. 건강한 음식과 음료, 좋은 옷, 따뜻하고 편안한 집 등 몸에 절대적으로 필요한 모든 것을 갖추십시오. 그러나 몸을 핑계삼아 과시하거나 사치를 하지는 마십시오.

아무하고나 동침하지 말라

Avoid Casual Sex

아무하고나 성관계를 갖지 말고, 특히 결혼 전에는 성교를 피하십시오. 점잖은 척하는 구식의 충고처럼 들릴지 모르지만, 이것은 우리 자신과 남들에게 존경심을 보여주는 유서 깊은 방법입니다. 성은 놀이가 아닙니다. 성에서 생기는 감정적이고 실제적인 결과들은 정말 오랫동안 사라지지 않습니다. 이것을 무시하는 것은 자신을 천하게 만드는 것이고 인간관계의 의미를 무시하는 것입니다.

그러나 아무하고나 성관계를 가지는 사람이 있다 해도 독선적으로 그 사람을 설득하려 하지 마십시오.

헌신적 관계라는 틀 내에서 이루어지는 적극적인 성생

활은 두 사람을 완성하는 데 도움이 되며 융성하는 삶의 한 부분이기도 합니다.

평판을 지키려 하지 말고 의도를 변명하려 하지 마라

Don't Defend Your Reputation or Intentions

욕이나 비판을 두려워하지 마십시오.

도덕적으로 약한 사람만이 남들 앞에서 자꾸 자신을 옹호하거나 변명하려 합니다. 당신 행동의 특성이 당신을 대신하여 말하게 하십시오. 남들이 우리에게서 받는 인상은 우리 힘으로 어쩌지 못하며, 그것을 어떻게 해보려 하면 우리 자신만 천해질 뿐입니다.

따라서 어떤 사람이 당신에 대해 비판적으로 이야기했다는 말을 들어도 변명하거나 방어하려 하지 마십시오. 그냥 웃으며 이렇게 말하십시오. "그 사람은 내 다른 결점들은 잘 모르는 모양이구려. 그걸 다 알았다면 그것 한 가지만 이야기하지는 않았을 텐데 말이오."

위엄 있게 행동하라

Conduct Yourself with Dignity

어디 있든 간에 기품 있게 행동하십시오.

흔히 사람들은 주위 환경에 좌우되어 행동하지만 당신은 더 높은 수준을 고수하십시오. 아무 생각 없이 흥청거리며 떠들어대는 파티나 게임은 피하십시오. 공적인 행사에 나가더라도 당신 자신의 목적과 이상에 굳게 뿌리를 내리고 흔들리지 마십시오.

좋은 역할 모델을 찾아 모방하라

Emulate Worthy Role Models

당신의 품성을 당장 높일 수 있는 가장 좋은 방법 가운데 하나는 훌륭한 역할 모델을 찾아 모방하는 것입니다. 중요한 사람을 만날 기회가 있습니까? 떨지 마십시오. 당신이 가장 존경하는 사람들의 특징들을 떠올리고, 그들의 태도, 말, 행동을 당신 것으로 채택하십시오. 이는 잘못된 것이 아닙니다. 우리는 모두 내부에 위대함의 씨앗을 지니고 있지만, 그 씨앗이 자라나려면 어떤 이미지를 초점으로 삼을 필요가 있기 때문입니다.

그러나 훌륭한 장점을 갖춘 사람을 만난다고 해서 지나치게 경외감에 사로잡히지는 마십시오. 사람은 재능이나 영향력과는 관계없이 그저 사람일 뿐이니까요.

대화를 할 때는 신중해라

Exercise Discretion When Conversing

진정한 철학자는 거만하지 않습니다. 허풍선이와 벗하고 싶어하는 사람은 없습니다. 자신의 업적을 극적으로 떠벌림으로써 다른 사람들을 기죽이지 마십시오. 당신의 무용담이나 모험담에 큰 관심을 가지는 사람은 없습니다. 글쎄요, 예의상 잠시 귀를 기울여주는 척이야 하겠지요. 그러나 상대가 자신이 한 일을 자주 또 지나치게 떠벌리는 것처럼 짜증나는 일은 없습니다.

촌뜨기 노릇을 할 필요는 없습니다. 그렇다고 당신이 똑똑하고, 세련되고, 상냥하다는 것을 남들에게 보여주기 위해 상스러운 방법을 사용할 필요는 없습니다.

호전적인 말이나 입에 발린 말, 허풍은 피하십시오. 당신에 대한 존경심만 사라질 뿐입니다.

힘이 있어 보이거나 상대를 당황하게 만들고 싶어서 말에 아무렇지도 않게 욕설을 섞어넣는 사람이 있습니다. 그런 말에는 맞장구를 치지 마십시오. 주위에 있는 사람들이 품위 없고 요령 없는 말을 하면 그 자리를 뜨십시오. 그것이 안 되면 입을 다물고 심각한 표정을 지어 그런 추잡한 말 때문에 불쾌하다는 것을 보여주십시오.

즉각적인 만족보다는 지속적인 만족을 택하라

Prefer Enduring Satisfaction to Immediate Gratification

이성(理性)에 최고의 자리를 주십시오.

숙고하는 습관을 기르십시오.

늘 어떤 것이 실제로 좋은지 안 좋은지 따져보십시오. 훈련받지 않은 본능에 따라 반응하지 말고 기다리면서 평가해보십시오. 자발성이 그 자체로 미덕은 아닙니다.

어떤 즐거움이 약속되어 있어 그것이 유혹적으로 느껴진다 해도 아무 생각 없이 달려들지 말고 한 걸음 물러서서 시간적 여유를 좀 가지십시오. 마음속에서 그 문제를 냉정하게 검토해보십시오. 그 즐거움이 순간적인 것일까, 아니면 오랫동안 지속되는 진실한 것일까? 값싼 흥분과 의미 있고 지속적인 보상을 구별하는 방법을 익히게 되면 우리 삶의 질이 달라지고 인격도 달라집니다.

그 즐거움을 곰곰이 생각해본 뒤 거기에 빠져들면 후회할 것이라는 결론이 났다면, 그만두고 억제하는 것에서 기쁨을 느끼십시오. 품성의 승리를 쌓아가십시오. 그러면 강해질 것입니다.

단호해져라

Take a Stand

심사숙고 끝에 어떤 행동이 지혜롭다고 결정을 하면 절대 흔들리지 마십시오. 당신 결정 위에 굳게 서십시오. 사람들이 당신의 의도를 오해하고, 심지어 당신을 비난할 가능성도 있습니다. 그러나 당신이 최선의 판단을 내리고 옳게 행동하는 것이라면 두려울 것이 없습니다. 단호하게 나아가십시오. 어정쩡하게 행동하는 것은 비겁합니다.

예의와 논리는 자리가 따로 있다

Courtesy and Logic Each Have Their Place

예의와 논리는 서로 다른 것이며 각각에 어울리는 적용처가 따로 있습니다.

"지금은 낮이 아니면 밤이다" 하는 명제는 선언적 논증에서는 효과를 발휘하지만 친구 사이의 대화에서는 그렇지 못합니다. 마찬가지로 잔치에 갔을 때 정말 배가 고프면 가장 많은 양의 음식을 차지하는 것이 당연하게 여겨질지 모르지만 그렇게 하는 것이 예의는 아니겠지요.

남들과 함께 식사를 할 때는 몸이 상에 나온 음식을 얼마나 고맙게 여기는지만 생각하지 말고 예의와 세련된 태도가 매우 중요하다는 것도 생각하십시오.

자신을 정복하려면 자신에게 정직하라

Self-Mastery Depends on Self-Honesty

먼저 당신이 어떤 사람인지, 무엇을 할 수 있는지 알아야 합니다. 위대한 일이 순식간에 이루어지지 않듯이 우리의 재능과 적성을 완성하는 일도 순식간에 이루어지지 않습니다. 우리는 늘 배우고, 늘 성장합니다. 도전은 받아들여야 합니다. 그래야 지적으로나 신체적으로나 도덕적으로 그다음의 발달 수준에 올라설 수 있지요. 하지만 스스로를 속이지는 마십시오. 당신의 본래 모습과는 다른 사람이 되려 하면 당신의 진정한 자아를 얕보게 되고, 그러다보면 당신이 천성적으로 뛰어날 수 있는 영역에서도 발전을 이루지 못합니다.

신성한 질서 안에서 우리 각자는 특별한 부르심을 받

았습니다. 당신을 부르는 소리에 귀를 기울이고 그것을 충실하게 따라가십시오.

이성을 보호하라

Safeguard Your Reason

길을 걸을 때 못에 찔리거나 발을 다치지 않도록 조심하듯이, 당신 정신의 최고 기능이 손상되지 않도록 최선을 다해 주의를 기울여야 합니다. 고결한 삶은 무엇보다도 이성에 달려 있습니다. 당신이 이성을 보호하면 이성은 당신을 보호합니다.

적당한 비율과 절제를 지켜라

Observe Proper Proportion and Moderation

경계를 하면 지나침을 미리 막을 수 있습니다. 신발이 발에 맞아야 하듯이 당신의 소유도 당신 몸의 요구에 비례해야 합니다.

도덕적 훈련이 없다면 자칫 지나치기 쉽습니다. 신발을 예로 들어볼까요? 많은 사람들이 예쁘장하고 이국적인 신발을 사고 싶은 유혹을 느끼지만 사실 필요한 것은 편안하고 잘 맞고 질긴 신발이 아닐까요?

약간이라도 무절제에 빠지면 그쪽으로 힘이 쏠려 변덕에 휘말리기 쉽습니다.

겉모습보다는 내적인 덕이 중요하다

Inner Excellence Matters More Than Outer Appearance

특히 여자들은 어여쁜 외모 때문에 주목을 받는다는 부담이 있습니다. 어렸을 때부터 남자들의 아첨을 받거나 겉모습으로만 평가를 받습니다.

안타깝게도 이 때문에 여자들은 자신이 남자들에게 기쁨을 주는 역할만 하면 된다고 생각할 수도 있고 그러다보면 내적 재능은 가엾게도 위축되고 맙니다. 시간과 노력을 들여 외적인 아름다움을 드높이고 본래의 자아는 왜곡시켜 남들을 기쁘게 해주어야 한다고 생각하게 됩니다.

사실 남자 여자 가릴 것 없이 많은 사람들이 슬프게도 겉모습을 가꾸고 남들에게 주는 인상을 좋게 만드는 데만 힘을 쏟더군요.

물론 세상은 외모가 훌륭하다거나 집안이 좋다거나 하는 엉뚱하고 피상적인 이유로 우리에게 보상을 줄 수도 있지만, 지혜를 구하는 사람은 우리가 속으로 어떤 사람인가, 우리가 어떤 사람이 되어가는가, 이런 것들이 정말로 중요하다는 것을 압니다.

몸보다 정신을 돌보라

Care About Your Mind More Than Your Body

도덕적으로 훈련받지 못한 사람들은 몸에 지나치게 많은 시간을 소비합니다. 동물적인 기능은 부수적인 것으로 여기십시오. 모름지기 당신의 이성을 돌보고 발전시키는 데 주된 관심을 쏟아야 합니다. 이성을 통해서만 자연의 법칙을 이해할 수 있기 때문입니다.

잘못된 대접은 그릇된 인상으로부터 나온다

Mistreatment Comes from False Impressions

사람들이 당신에게 무례하게 굴거나 불손하게 말을 한다면 그때는 그들이 그렇게 해도 된다는 인상을 받았기 때문이라는 점을 잊지 마십시오.

당신이 자신을 보듯 다른 사람들도 당신을 봐줄 것이라고 기대하는 것은 환상입니다. 사람들이 그릇된 인상을 바탕으로 당신에 대한 어떤 결론에 이르렀다면 피해를 보는 쪽은 당신이 아니라 그들입니다. 그로 인해 잘못된 행동으로 나아가는 것은 그들이기 때문입니다. 어떤 사람이 참인 명제를 거짓으로 해석한다 해도 명제 자체는 해를 입지 않습니다. 오직 생각을 잘못한 사람만이 속은 것이고, 따라서 피해를 본 것입니다. 이 점을 분명하게 이해하면 설사 남들이 당신을 욕한다 해도 남들에게 수모를 당했다는 느낌은 많이 줄어들 것입니다. 속으로 이렇게 말하면 그만입니다. “저 사람에게는 그렇게 보였나 보군. 하지만 그것은 저 사람이 받은 인상일 뿐이야.”

모든 것에는 손잡이가 둘이다

Everything Has Two Handles

모든 것에는 손잡이가 둘입니다. 한쪽 손잡이로는 그 것을 들 수 있지만 다른 쪽 손잡이로는 들 수 없습니다.

예를 들어 당신의 형제나 자매가 당신을 못살게 굴더라도 상처나 불의라는 손잡이로 상황을 파악하지 마십시오. 그래서는 상황을 견딜 수도 없고 원한만 쌓여갑니다. 반대로 해보십시오. 가족의 유대라는 손잡이로 상황을 파악해보십시오. 이 사람은 당신의 형제나 누이라는 사실, 당신들은 함께 성장했다는 사실, 따라서 끊을 수 없는 지속적인 유대가 있다는 사실에 집중하십시오. 그런 식으로 보면 상황을 제대로 이해할 수 있을 뿐 아니라 마음의 평정도 잃지 않습니다.

명료한 사고가 핵심이다

Clear Thinking Is Vital

지혜의 삶은 이성적 삶입니다. 따라서 명료하게 생각하는 방법을 배우는 것이 중요합니다. 명료한 사고는 우연히 얻어지는 것이 아닙니다. 명료한 사고를 하려면 올바른 훈련이 필요합니다. 명료한 사고를 통해서만 의지의 방향을 제대로 잡을 수 있고, 진정한 목적을 고수할 수 있고, 다른 사람들과의 관련을 발견할 수 있고, 그런 관계에서 생기는 의무를 찾아낼 수 있습니다. 모든 사람이 무엇이 감상적이고 그릇된 사고 방법인지 파악할 줄 알아야 합니다. 정확하게 추론해가는 법을 연구하여 근거 없는 결론을 내리는 일을 피하도록 하십시오.

예를 들어 다음의 잘못된 논리를 보십시오. "나는 너

보다 부자다. 따라서 나는 너보다 낫다." 우리는 이런 터무니없는 주장을 늘 만나게 되지만 이런 주장은 완전한 오류입니다. 타당한 추론은 이런 것입니다. "나는 너보다 부자다. 따라서 나는 너보다 돈이 많다."

또다른 예를 볼까요. "나는 너보다 더 설득력 있게 이야기한다. 따라서 내가 너보다 낫다." 그러나 올바른 결론은 이런 것이겠지요. "나는 너보다 더 설득력 있게 이야기한다. 따라서 내 말이 네 말보다 영향력이 크다."

그러나 잊지 마십시오. 당신의 품성은 재산이나 설득력 있는 언변과는 아무런 관계가 없습니다.

시간을 들여 열심히 공부하여 명료하게 생각하면 속는 일이 없을 것입니다. 논리와 효과적 논증의 규칙을 공부하는 것도 큰 도움이 됩니다.

올바른 이름을 불러라

Call Things by Their Right Names

사물의 이름을 정확하게 부르면, 있지도 않은 정보나 판단을 덧붙이지 않고 그 사물을 정확하게 이해하게 됩니다. 목욕을 빨리하는 사람을 보았습니까? 그가 목욕을 엉터리로 한다고 말하지 말고 빨리한다고 말하십시오. 상황을 있는 그대로 말하십시오. 당신 판단으로 걸러내지 마십시오.

포도주를 많이 마시는 사람을 보았습니까? 그를 술주정뱅이라고 부르지 말고 술을 많이 마신다고 말하십시오. 그 사람의 삶을 전체적으로 이해하지도 못하면서 어떻게 그 사람이 술주정뱅이인지 아닌지 안다는 겁니까?

겉모습에 현혹당하여 이름을 잘못 불러 현실을 왜곡

하고, 그것에 근거하여 해석을 하거나 이론을 세우지 마십시오. 오직 진실인 것에만 동의하고 거기에서 출발하십시오.

지혜는 말이 아니라 행동을 통해 드러난다

Wisdom Is Revealed Through Action, Not Talk

자신이 지혜로운 사람이라고 말하거나, 이해도 못하는 사람들과 당신의 영적 갈망에 관해 이야기하지 마십시오. 오직 행동을 통하여 당신의 품성을, 또 개인적인 고상한 목표에 헌신하는 태도를 보여주십시오.

당신 자신을 위하여 소박하게 살아라

Live Simply for Your Own Sake

검소하게 산다고 해서 우쭐하지 마십시오. 지혜롭게 살고자 하는 사람의 첫번째 과제는 자기도취로부터 자유로워지는 것입니다.

가난한 사람들이 우리보다 얼마나 검소한지, 우리보다 곤경을 얼마나 잘 견디는지 생각해보십시오. 소박하게 살 수 있는 능력을 키우고 싶다면 혼자 그렇게 하십시오. 조용히 그렇게 하십시오. 남에게 과시하기 위해 그렇게 하지 마십시오.

방심하지 않아야
지혜를 얻을 수 있다

Wisdom Depends on Vigilance

사람들은 대부분 도움을 얻거나 피해를 보는 것이 모두 우리 내부에서 비롯된다는 것을 모릅니다. 대신 겉모습에 현혹되어 외적인 것을 봅니다.

그러나 지혜로운 사람은 우리 자신이 우리에게 좋고 나쁜 모든 것의 원천임을 깨닫습니다. 따라서 남을 탓하거나 비난하지 않습니다. 억지로 다른 사람들한테 자기가 훌륭하다거나 특별하다거나 뛰어나다고 믿게 하려 하지 않습니다.

지혜로운 사람은 도전에 부딪혔을 때 자기 자신에게 의지합니다. 누가 칭찬을 하면 조용히 웃음만 지을 뿐, 마음이 움직이지는 않습니다. 비방을 당해도 자신을 방어할 필요를 느끼지 않습니다.

그러나 그들은 방심하지 않고 부지런히 행동합니다. 모든 것이 잘될 것이라고 생각하지만 완벽하게 확실하다고 생각하지는 않습니다. 그들은 있는 그대로의 삶에 욕망을 맞추고, 그들의 의지를 제대로 행사할 수 있는 능력을 저해하는 것들만 피하려 합니다. 그들은 모든 일에 절제합니다. 설령 무지하고 투박하게 보인다 한들, 그런 데는 관심이 없습니다. 자기 자신을 경계하고 자신의 욕망이 나아가는 방향을 경계하기만 하면 된다는 것을 알기 때문입니다.

지혜로운 삶을 사는 것이 지혜를 아는 것보다 중요하다

Living Wisdom Is
More Important Than Knowing About It

어떤 사람이 크리시포스 같은 위대한 사상가의 글과 생각을 이해한다고 하면서 으스댄다면 속으로, 중요한 것은 난해한 주제에 대해 그저 유창하게 이야기하는 것이 아니다, 하고 생각하십시오. 핵심적인 것은 자연을 이해하고, 당신의 의도와 행동을 사물의 존재방식에 일치시키는 것입니다. 크리시포스의 글을 진정으로 이해하는 사람, 또는 위대한 정신이 남긴 격언을 진정으로 이해하는 사람은 그 철학자의 가르침을 삶에 적용하는 사람입니다. 귀중한 일을 이야기하는 것과 귀중한 일을 하는 것 사이에는 큰 차이가 있습니다.

박학에만 무게를 두지 마십시오. 자신이 말한 원칙과 행동이 일치하는 사람들의 예를 돌아보십시오.

원칙을 증명하는 것보다 그것을 실행에 옮기는 것이 더 중요하다

Practicing Principles Matters More Than Proving Them

지혜의 삶은 "거짓말을 하면 안 된다" 같은 원칙들을 실행에 옮기는 방법을 배우는 데서부터 시작합니다. 두번째 단계는 거짓말을 하면 안 된다는 원칙들이 진리임을 입증하는 것입니다. 이 두 단계와 연결된 세번째 단계는 그 원리를 정당화하는 데 왜 그 설명들로 족한지 이야기하는 것입니다. 두번째와 세번째 단계도 중요하지만 가장 중요한 것은 첫번째 단계입니다. 거짓말이 잘못이라는 것을 영리하게 증명하면서도 실제로는 거짓말을 하기 쉽고 또 그런 일이 흔하기 때문이지요.

이상대로 살아라

Start Living Your Ideals

이제 당신의 이상대로 사는 문제를 진지하게 고민할 때입니다. 일단 영적인 원칙을 결정하면 그것을 법으로 여기고, 그것을 어기면 죄를 짓는 것이라는 마음으로 그 규칙을 지키십시오.

다른 사람들이 당신의 신념을 공유하건 말건 관심을 갖지 마십시오. 당신이 진정 되고 싶은 사람이 되는 일을 언제까지 미루어둘 수 있겠습니까? 고결한 사람이 되는 일은 더 미룰 수 없습니다.

당신의 원칙들을 실행에 옮기십시오—지금 당장. 핑계와 꾸물거림은 집어치우십시오. 이것은 당신의 인생입니다! 당신은 이제 어린아이가 아닙니다. 영적인 계획을 실행하는 일에 서둘러 착수할수록 당신은 더 행복해집니다. 늑장을 부릴수록 평범한 존재가 되고 수치감과 후회를 느낄 가능성도 높아집니다. 이보다는 더 잘할 수 있었다는 것을 알게 될 테니까요.

지금 이 순간부터 당신 자신을 실망시키는 일은 그만두십시오. 군중으로부터 멀어지십시오. 특별한 존재가 되겠다고 결심하고 필요한 일을 하십시오—지금 당장.

에픽테토스의 핵심적 가르침

덕, 행복, 평정에 관하여

왜 선해야 하는가?

에픽테토스가 신봉한 스토아 학파의 덕 개념은 서양 문화에 지울 수 없는 큰 자취를 남겼다. 스토아 학파의 윤리 사상으로부터 큰 영향을 받은 인물들 가운데 언뜻 머리에 떠오르는 사람들만 해도 데카르트, 스피노자, 루소, 니체, 마르크스 등을 꼽을 수 있다.

덕은 최근에 긍정적으로 재평가되고 있지만 얼마 전까지만 해도 현대인의 귀에 덕이라는 말은 매우 구식으로, 심지어 깐깐하게 들렸다. 그러나 에픽테토스의 가르침은 도덕가인 체하는 사람이 되라는 것도 아니고, 남이 짓밟아도 가만히 있는 사람이 되라는 것도 아니다. 사실 덕, 행복, 평정은 별도의 구분된 경험이 아니라 동시에 나타나는 상태들이다.

에픽테토스는 선해지는 것 자체를 옹호했지만, 동시에 덕이 있는 삶은 내적인 일관성과 외적인 조화를 낳는다는 실용적인 입장도 보여주었다. 도덕적 일관성을 갖추면 마음이 편안해진다. 영혼은 긴장을 풀며, 우리는 에픽테토스가 말하는 대로 "장애 없이" 우리 일에서 능률적으로 앞으로 나아갈 수 있다.

모호함에서는 내적인 혼란, 나아가서는 악이 나온다. 에픽테토스는 스스로에게 자신의 도덕적 규범을 분명히 드러냄으로써 우리가 가진 최고의 것을 끄집어낼 수 있다고 가르친다. 우리의 외적인 행동이 점차적으로 그 규범과 일치할 때 우리는 자유, 평안, 자신감을 얻을 수 있다. 에픽테토스는 우리에게 "외적"인 선택, 오늘날 우리가 하는 말로 하자면 "라이프스타일의 선택"을 최소화하고, 대신 우리가 일상생활에서 부딪히는, 작지만 의미 있는 내적인 도덕적 선택에 집중하라고 말한다.

영혼의 외침

The Soul's Cry

철학의 주된 과제는 영혼의 외침에 응답하는 것입니다. 우리의 슬픔과 두려움을 이해하고, 그럼으로써 거기에서 벗어나는 것입니다.

우리가 막다른 궁지에 몰렸을 때 철학은 우리를 부릅니다. 우리 삶에서 뭔가가 옳지 않다는 끈질긴 느낌, 그리고 우리의 더 나은 자아로 되돌아가고 싶다는 갈망은 절대 사라지지 않습니다. 죽음과 외로움에 대한 공포, 사랑과 성을 둘러싼 혼란, 자신의 분노에 직면했을 때의 무력감, 지나친 야심, 이런 것들이 생길 때 우리는 비로소 진지하게 철학적 질문을 던지게 됩니다.

맞습니다. 우리 삶에는 겉으로 분명하게 나타나는 의

미는 없습니다. 잔혹, 불의, 신체적 불편, 병, 짜증, 크고 작은 귀찮은 일, 이런 것들이 일상의 무미건조한 사실들입니다. 이것을 어떻게 하면 좋을까요? 어떻게 하면 절망적인 무감각에 빠지지 않을까요? 어떻게 하면 지루함을 간신히 견디며 어쩔 수 없이 노새처럼 일을 하는 수준에서 벗어날 수 있을까요? 어떻게 하면 바깥세상에서 겪는 고통과 괴로움에도 불구하고, 우리 자신의 변덕스러운 감정에도 불구하고 고결한 삶을 살 수 있을까요?

영혼이 외친다는 것은 우리가 자기반성이라는 필연적이고 성숙한 단계에 이르렀다는 표시입니다. 이때는 당황하거나 안절부절못하지 말고 자신을 치유하겠다고 결심하여 앞으로 나아가야 합니다. 철학은 우리에게 용기를 낼 것을 요구합니다. 철학의 치료법은 우리의 삶과 정체성의 기초를 이루고 있는, 그럴듯해 보이기는 하지만 불완전한 전제들을 직시하고 낱낱이 파헤치는 것입니다.

철학의 진정한 목적

The Real Purpose of Philosophy

진정한 철학은 이국적인 제의, 신비한 예배, 기묘한 믿음과는 아무런 상관이 없습니다. 또한 추상적인 이론이나 분석에 머무는 것도 아닙니다. 철학은 물론 지혜를 사랑하는 것입니다. 철학은 훌륭한 삶을 사는 기술입니다. 따라서 우리는 철학을 종교적 스승이나 전문적 철학자의 손에서 구해내야 합니다. 그래야 철학이 비의적 신앙이나 삶과 관계없는 지적인 기술, 또는 자신이 얼마나 똑똑한가를 보여주기 위한 어려운 문제 풀이로 잘못 사용되는 것을 막을 수 있습니다. 철학은 모든 사람을 위한 것이며, 세상 안에서 살면서 모두를 위한 더 나은 삶을 지향하여 행동과 철학을 결합하는 사람들만이 진정으로 철학을 실천할 수 있습니다.

철학의 목적은 우리 영혼이 불건전한 믿음, 규율이 잡히지 않은 혼란스러운 욕망, 우리에게 어울리지 않는 수상쩍은 선택과 기호들에 오염되어온 과정을 밝히는 것입니다. 친절한 태도로 자기를 면밀히 조사하는 것은 오염을 씻어내는 중요한 방법입니다. 지혜의 삶은 영혼의 부패를 근절하는 동시에 우리를 나른함에서 흔들어 깨워 정력적이고 활기찬 삶의 방향으로 움직이게 합니다.

논리를 능숙하게 이용하는 능력, 사물의 이름을 정확하게 말하는 능력은 철학이 우리에게 제공하는 도구들 가운데 몇 가지로, 이것을 이용하면 맑은 시야와 내적 평정을 얻을 수 있으며, 이것이야말로 진정한 행복입니다.

이러한 행복이 우리의 목표이며, 우리는 이 행복을 정확하게 이해해야 합니다. 흔히들 행복이 수동적으로 경험하는 쾌락이나 여가라고 잘못 이해합니다. 이런 행복 개념은 어떤 범위 내에서만 유효합니다. 우리의 모든 노력이 지향하는 유일하게 가치 있는 목적은 융성하는 삶입니다.

진정한 행복은 동사입니다. 그것은 가치 있는 일을 지속적이고 역동적으로 수행하는 것입니다. 융성하는 삶의 기초는 덕을 지향하는 마음이며, 그 삶은 우리가 끊임없이 만들어가는 것이고, 그 과정에서 우리 영혼이 성숙합니다. 우리 삶은 우리 자신에게, 그리고 우리가 접촉하는 사람들에게 쓸모가 있습니다.

그릇된 추론의 우연적 결과, 무모하게 얻어낸 그릇된 판단, 의도는 좋지만 오도된 부모와 선생들의 가르침, 검증도 없이 채택한 다른 문화, 이런 것들과 진정한 진리를 구별하기 위해 우리는 철학자가 됩니다.

우리는 영혼의 고통을 덜기 위해서 규율 잡힌 내면 성찰을 하며, 이 과정에서 건강한 믿음이나 습관과 게으르고 해로운 믿음이나 습관을 구별하는 능력을 강화하기 위한 사고 실험을 수행합니다.

첫걸음

The First Step

지혜롭게 사는 첫걸음은 자만심을 버리는 것입니다.

자만심이라는 미망에 빠지면 자신이 모르는 것이 없음을 과시하기 위해 안달하게 됩니다. 어리석은 짓이죠. 그런 경솔한 사람은 늘 사건이나 다른 사람들에 대한 조건반사적인 인상들을 주절거리고, 현재의 경험들을 이전에 이루어진 범주 속에 억지로 집어넣으려 합니다. "아, 그래, 여기 이것은 그때 그것과 같은 것이군" 하면서 말입니다.

초심자의 눈으로 세상을 새롭게 보십시오. 있는 그대로, 그 자체로 보십시오. 자신이 알지 못함을 아는 것, 되도 않는 변명을 하지 않고 알지 못함을 기꺼이 인정하는 것이야말로 진정한 힘입니다. 그때에야 비로소 배움의 터가 준비되고, 어떤 노력에서든 진전을 이룰 수 있기 때문입니다.

가장 지혜로운 사람들은 우리 지식의 당연한 한계를 인정하고, 순진한 면을 그대로 유지하는 용기를 보여줍니다. 그들은 우리가 어떤 것에 대해서건 아는 것이 별로 없다는 사실을 잘 압니다. 포괄적이고 최종적인 지식 같은 것은 없습니다. 정보나 자료는 엄청날 수도 있고, 또 그것을 교묘하게 펼쳐놓을 수도 있겠지요. 그러나 지혜로운 사람들은 정보나 자료를 포괄적 지식이나 초월적 지혜와 혼동하지 않습니다. 지혜로운 사람들은 "흠", "그래요!" 하는 말을 입에 달고 다닙니다. 우리가 아는 것이 거의 없음을 깨닫고 나면, 허튼수작으로 구슬리는 사람이나 허세로 간살부리는 사람이나 선동하는 사람에게 쉽게 넘어가지 않습니다. 영적인 호기심은 융성하는 삶의 상징입니다.

오만은 겁이 애용하는 가면입니다. 그러나 더 중요한 것은 오만이, 융성하는 삶의 가장 강력한 장애라는 점입니다. 명료한 사고와 자만은 논리적으로 공존할 수 없습니다. 겉으로 보기에는 어떨지 몰라도, 인간에게는 타고난 서열이 없습니다. 이 세상의 모든 사람이 중요합니다.

정말로 마음의 평화를 원하고 일에서 성공하기를 바란다면 자만을 버리십시오.

자만은 새로운 지식을 통과시키지 않는 철문입니다. 자만이 있으면 가능성이 확대되지도 않고 건설적인 생각이 나오지도 않습니다. 자신의 지식, 능력, 경험에 지나친 자신감을 가진다거나 분수를 넘는 권력이나 권위를 차지하려 하는 것은 치명적입니다. 그렇게 으스대면 주위에서 사람들이 사라집니다. 든 것도 없이 고압적인 자세만 보이면 옆에만 있어도 숨이 막히기 때문이지요. 더 큰 문제는 자만하는 사람들은 주위에서 사람들이 사라져도 아쉬운 줄 모른다는 것입니다. 그래서 건강한 쪽으로 방향을 트는 것이 불가능해지지요. 계속 같은 원 둘레를 맴돌게 됩니다. 늘 같은 거미줄에 걸려 있다고나 할까요. 새로운 일이나 흥겨운 일은 좀처럼 일어나지 않지요.

참새처럼 재재거리지 마십시오. 당신이 일어난다고 생각하는 일이나 일어나기를 바라는 일이 아니라, 실제로 일어나는 일에 주목하십시오. 눈으로 직접 보고 귀를 기울이십시오.

뭔가를 잘하기 위해서는 겸손해져야 합니다. 그래서 더듬거리기도 하고, 본능적으로 행동하기도 하고, 길을 잃기도 하고, 실수를 하기도 해야 합니다. 어떤 일을 맡았다가 형편없이 끝낼 수도 있지요. 그래도 그 일을 하는 용기가 필요합니다. 유능해 보이지 않을 것이라는 두려움 때문에 새로운 일을 못하면 아무런 특색 없는 평범한 삶을 살게 됩니다.

새로운 경험은 우리의 삶에 깊이를 줍니다. 그 경험을 통해 우리는 새로운 수준의 능력을 얻을 수 있습니다. 새로운 경험을 이용해 이전에 채택했던 관점이나 결론을 더 강화하는 것은 자만심 강한 사람이나 하는 짓입니다.

중요한 지식이나 좋은 길잡이는 예기치 않은 장소에서 나타납니다. 그런 지식이나 길잡이를 만나 그것을 잘 이용하고 싶다면 허세를 버리고 자족적으로 으스대는 태도를 버리십시오.

가치 있는 목표를 힘들여 달성했을 때 얻는 정당한 만족감을 오만과 혼동하지 마십시오. 오만이란 자기에게 몰두하여, 다른 사람의 일이나 감정에는 아무런 관심을 갖지 않는 것입니다.

융성하는 삶은 자립에 달려 있다

The Flourishing Life Depends on Self-Sufficiency

융성하는 삶은 기술로 얻을 수 없습니다. 자신을 속여서 훌륭한 삶을 산다는 것은 불가능하겠지요. 또한 간편한 5단계 방법을 실행한다든가, 카리스마적인 인물의 교리를 따른다고 해서 얻을 수 있는 것도 아닙니다. 융성하는 삶은 최선을 다해 우리의 고유한 의무를 이행하는 데서 옵니다.

특별한 삶을 살려면, 품성을 계발하여 우리의 도덕 수준을 높여야 합니다. 훈련받지 못한 사람들은 후회를 하느라 귀중한 시간을 낭비합니다. 과거의 어떤 일이 실제와는 다르게 일어났기를 바라는 것이지요. "내가 더 좋은 집이나 도시에 살았다면, 다른 배우자를 가졌다면,

좀더 화려한 직업을 가졌다면, 내 시간이 더 많았다면……" 하는 식으로 말입니다. 그러나 도덕적으로 훈련받은 사람은 자신의 삶의 현재 상황을 피하려 하지도 않고 그 상황에 분개하지도 않습니다. 오히려 현재의 상황에 감사합니다. 그리고 가족, 친구, 이웃, 일과 관련된 자신의 의무를 다하는 데 몰두합니다. 훌쩍거리느라 시간을 보내면 우리의 가능성도 그만큼 줄어들기 마련입니다.

돈, 지위, 경쟁력을 과대평가하면 인간관계를 망칩니다. 융성하는 삶을 얻고 싶습니까? 그러면 욕망을 절제하고, 욕망이란 것이 얼마나 피상적이고 덧없는 것인지 똑똑히 보십시오.

출발이 어렵다

Starting Out Is Hard

지혜로 향하는 첫걸음이 가장 힘듭니다. 우리의 약하고 고집스러운 영혼은 노력과 낯선 것을 두려워하기 때문입니다. 보답이 절대적으로 보장된다면 다르겠지만 세상에 그런 일이 어디 있겠습니까? 한곳으로 노력을 집중하면 결심은 더 굳어지고 자기 향상은 점점 쉬워집니다. 우리의 최선의 이익에 반대되는 일을 하는 것은 점점 어려워지지요.

우리 영혼에서 불건전한 믿음을 제거하기 위해 끈기 있게 꾸준히 노력하면 얄팍한 두려움, 사랑에서의 혼란, 자기 통제의 결여 같은 증상들이 점차 사라질 것입니다. 남들에게 잘 보이려고 노력하는 것도 그만두게 됩니다.

어느 날 문득 사람들을 속이는 짓을 그만둔 지 꽤 되었다는 것을 깨닫고 만족한 웃음을 지을 것입니다.

선은 선

Good Is Good

선(善)은 우리의 선에 대한 개념과는 독립해서 존재합니다. 선은 저기 바깥에 있습니다. 우리가 존재하기 전부터 지금까지 쭉 그래왔습니다.

관습을 의심하라

Be Suspicious of Convention

관습을 의심하십시오.

자신의 생각에 책임을 지십시오.

검증되지 않은 습관의 미혹에서 깨어나십시오.

대중적 인식, 대중적 가치, 대중적 행동방식이 가장 지혜로운 경우는 드물지요. 대중에게 널리 퍼진 믿음들 가운데 합리성이라는 검사를 제대로 통과할 수 있는 것은 많지 않습니다. 관습적 사고—그 수단과 목적—는 본질적으로 창조적이지 않으며, 따라서 재미가 없습니다. 관습적 사고가 하는 일은 자기방어에 몰두하는 개인과 제도를 위하여 현상을 유지하는 것입니다.

그렇다고 새로운 생각에 무조건 덕이 내재된 것은 아닙

니다. 생각과 기회를 판단하는 기준은 그것이 생명을 주느냐 아니냐 하는 것입니다. 새로운 생각이 인도주의, 정의, 유익한 성장, 친절, 가능성, 인간 공동체의 이익을 장려합니까? 그러면 동의하십시오.

당신 자신의 마음에 나타나는 대로 사물을 살피십시오. 다른 사람들이 하는 말을 객관적으로 생각하고, 그런 다음에 당신 자신의 신념을 세우십시오.

사회적으로 가르쳐진 믿음들은 믿을 만하지 못한 경우가 많습니다. 우리의 믿음들 가운데 많은 수는 우연히 또는 무책임하고 무지한 가르침을 통해 얻어진 것입니다. 그럼에도 이런 믿음들은 우리 내부에 깊이 뿌리박혀 있어 우리 눈에 잘 보이지 않습니다. 규율 잡히지 않은 사람들의 삶은 나태하지만 위험할 정도로 전염력이 강합니다. 그 대안이 될 수 있는 건강한 삶의 방식을 찾아보기 힘들기 때문입니다. 깨어나 경계를 늦추지 마십시오. 당신의 습관들을 꼼꼼히 검토하여 자신의 기준을 높은 수준으로 유지하십시오.

많은 사람들이 성실성을 지키겠다고 진지하게 선언해 놓고도 아무 생각 없는 무절제한 행동에 몰두합니다. 그들은 막무가내로 나아갑니다. 자신을 직시하지 못하고 미래의 행동 기준이 될 만한 일관성 있는 개인적 도덕률을 정리해내지 못하기 때문에 좋은 의도로 기울이는 노력도 효과가 반감됩니다. 사람들이 하는 말에 귀를 기울이지 마십시오. 그들이 하는 행동을 지켜보고 거기에서 나오는 결과를 평가하십시오.

무슨 일을 하려면 집을 청소하고 정리하고 유지해야 하듯이, 마음도 그렇게 해야 합니다. 그러지 않으면 물론 능률이 떨어질 뿐 아니라, 자칫 영혼이 부패할 수도 있습니다. 정리되지 않은 몽롱한 영혼은 위험합니다. 고약하지만 정리는 잘된 영혼의 영향을 받기 쉽기 때문입니다.

당신 자신 외에는 아무것도, 어떤 사람도 신뢰하지 마십시오. 방심하지 말고 자신의 믿음과 충동을 감시하십시오.

덕이 있는 사람은 무적이다

The Virtuous Are Invincible

교육을 받은 사람과 무지한 사람의 차이를 압니까? 지혜로운 사람은 덕이 있는 사람이 무적임을 안다는 것입니다. 그들은 겉모습에 속거나 자극을 받지 않습니다.

교육받은 사람은 우리가 '궁극적 실재'와 비슷한 데가 있다는 점을 귀중하게 여겨, 자신을 알고 동정심이 있는 세계 시민으로 처신하지요. 그들은 평정에 이르는 지혜로운 삶이 자연과 이성에 순응하는 데서 온다는 것을 이해합니다.

세계 시민이 되라

Be a Citizen of the World

자신에게 가장 유익이 되는 일을 하고 싶습니까? 그렇게 하려면 반드시 다른 사람에게 유익한 일을 해야 합니다. 자기의 좁은 이익에 기초한 삶은 명예로운 잣대로는 존중받지 못합니다. 우리 자신에게 가장 유익한 일을 한다는 것은 다른 사람들의 행복을 적극적으로 돌본다는 뜻입니다. 인간관계란 무엇입니까? 직접 일이 뒤얽힌 몇 사람과의 관계일까요? 유명하고 부유하고 좋은 교육을 받은 사람들과의 관계일까요? 아닙니다. 우리의 인간관계는 우리의 모든 인간 형제와의 관계입니다.

자신을 세계 공동체의 시민으로 생각하고, 그 생각에 따라 행동하십시오.

가장 깊은 갈망을 평범한 사실로 여겨라

Consider Your Deepest Yearnings Merely as Facts

당신의 가장 깊고 가장 은밀한 갈망들을 평범한 사실이거니 여기십시오. 그렇게 하면 그것들이 얼마나 하찮은지, 얼마나 우스꽝스러운지 알 수 있습니다. 출세를 추구하는 것은 부끄러울 것이 없습니다. 그것은 정상적인 것입니다. 문제는 추구 자체가 아니라, 추구하는 방법입니다. 길을 잘못 든 광적인 욕망과 두려움은 판단을 흐립니다. 그러면 당신이 추구하는 일의 내재적 가치를 과대평가하게 됩니다. 당신이 추구하는 것이 당신에게 행복을 줄 것이라고 믿습니까? 그것은 수단과 목적을 혼동하는 것입니다.

어떤 목적을 추구하는 것은 자연스러운 일입니다. 그

러나 그 목적을 얻는 데 성공하든 실패하든, 그 자체는 당신의 행복과 전혀 관계가 없다는 것을 잊지 마십시오.

책의 올바른 이용

The Right Use of Books

그냥 책을 읽었다고 말하지 마십시오. 당신이 책을 통하여 생각을 더 잘하게 되었다는 것을 보여주십시오. 더 분별력 있고 사려 깊은 태도로 살게 되었다는 것을 보여주십시오. 책은 정신을 훈련하는 도구일 뿐입니다. 당연히 큰 도움이 되지요. 그러나 그 내용을 알았다고 해서 진보를 이루었다고 생각하는 것은 큰 착각입니다.

다른 사람들과 섞일 때는 주의하라

Exercise Caution When Mingling with Others

다른 사람들과 사귈 때는 두 가지 중에 한 가지 일이 일어납니다. 당신이 상대와 비슷해지거나, 아니면 상대를 당신 쪽으로 끌어들입니다. 꺼진 석탄이 불이 붙은 석탄에 닿는 것을 보았습니까? 꺼진 석탄이 타는 석탄을 꺼버리거나, 아니면 꺼진 석탄도 함께 타오르거나 둘 중의 하나입니다. 사람을 사귀는 것은 그만큼 위험이 큽니다. 따라서 사람을 사귈 때는 조심해야 합니다. 특히 쾌활한 사람을 사귈 때는 주의하십시오.

우리 대부분은 그렇게 확고하지 못하여 다른 사람들을 우리의 목적 쪽으로 이끌어오기가 어렵습니다. 반대로 우리가 군중이 있는 쪽으로 끌려가기 쉽습니다. 우리 자신의 가치와 이상은 흐릿해지고 더러워집니다. 결심도 흔들립니다.

친구들이 뻔뻔스럽게 이야기하기 시작하면 버티기 힘듭니다. 동료들이 천박한 화제를 입에 올릴 때 방심하고 있으면 사람들의 힘에 휩쓸려버립니다. 대화에는 다양한 의미, 풍자, 개인적 동기들이 잔뜩 숨어 있습니다. 대화의 속성상 그런 요소들은 순식간에 건전하지 않은 쪽으로 방향을 틀 수 있습니다. 따라서 지혜로운 감성이 본능처럼 속에 박혀 자기방어의 힘이 생기기 전에는 사람을 조심해서 사귀십시오. 대화의 방향에 주의를 기울이십시오.

용서하고
용서하고
또 용서하라

Forgive Over and Over and Over

일반적으로는 우리 모두 최선을 다하며 삽니다.

누가 당신에게 무뚝뚝하게 말한다면, 당신이 하는 말을 무시한다면, 생각 없이 행동한다면, 노골적으로 악한 일을 한다면, 이렇게 생각하십시오. "내가 저 사람처럼 시련을 겪었더라면, 저 사람처럼 상심했더라면, 저 사람과 같은 부모를 가졌더라면…… 나도 똑같은 짓을 하거나 똑같은 말을 했을 것이다." 사람들의 행동 뒤에 숨은 이야기를 일일이 다 알 수는 없습니다. 따라서 다른 사람들에 대해 인내심을 가지고, 판단을 유보하고, 우리 이해의 한계를 인정하십시오. 그렇다고 악한 행동도 용서하라는 것은 아니고, 서로 다른 행동이 똑같은 도덕적 무게를 지니고 있다고 생각하라는 것도 아닙니다.

사람들이 당신이 바라는 대로 행동하지 않으면 당신의 선한 본성이라는 근육을 움직여 어깨를 으쓱하며 속으로 말하십시오. "그래, 그렇군." 그리고 잊어버리십시오.

또한 당신 자신에게도 최대한 친절하십시오. 다른 사람을 잣대로 당신을 재지 마십시오. 당신이 이상으로 삼는 자아를 잣대로 생각하지도 마십시오. 인간은 점진적으로, 두 걸음 갔다가 한 걸음 되돌아오는 식으로 나아집니다.

다른 사람들의 나쁜 짓을 용서하고, 용서하고, 또 용서하십시오. 그렇게 하면 내적인 편안함을 누릴 수 있습니다.

당신 자신을 용서하고, 거듭 용서하고, 또 용서하십시오. 그리고 다음에는 더 잘하도록 노력하십시오.

덕이 있는 사람은 일관성이 있다

The Virtuous Are Consistent

덕의 삶을 살고 싶다면 불편하고 어렵더라도 일관성을 지켜야 합니다.

생각, 말, 행동이 일치해야 합니다. 이것은 일반인들이 지키기 힘든 기준입니다. 사람들은 대부분 선해지고 싶어하고, 또 선해지려고 노력하기도 하지만, 조금 지나면 도덕적 난제가 생기고 나른함이 밀려옵니다.

이은 자국이 안 보이는 직물처럼 생각, 말, 행동이 서로 엮이게 되면 능률적으로 노력을 기울일 수 있고 걱정과 두려움도 사라집니다. 그렇게 되면 아무렇게나 행동할 때보다, 순간의 감정에 따라 행동할 때보다 선을 구하기가 훨씬 쉽습니다.

천박하거나 환상적인 쾌락에 정신을 잃지 않고 정당한 의무에 헌신하면 마음이 편안해집니다. 그 상황에서 할 수 있는 한 최선을 다했다고 생각하면 마음이 가벼워집니다. 이중생활을 할 필요도 없고, 변명을 할 필요도 없고, 알리바이를 생각해낼 필요도 없고, 명예를 옹호할 필요도 없고, 죄책감을 느끼거나 후회할 필요도 없습니다. 그냥 깨끗하게 다음 일로 넘어가면 됩니다.

사실 그것은 매우 간단합니다. 어떤 일을 하겠다고 했으면 하십시오. 어떤 일을 시작했으면 끝내십시오.

자신의 도덕적 직관을 신뢰하라

Trust Your Moral Intuitions

우리는 본질적으로 선하게 태어났습니다. 무엇이 좋고 가치 있으며, 무엇이 그렇지 않은지 판단하는 직관을 타고났습니다. 따라서 이런 도덕적 능력의 싹을 잘 키워야 합니다. 체계적으로 훈련하여 가장 좋은 모습으로 성숙시켜야 합니다.

다른 사람들로부터 존경을 받고 싶은 마음은 당연하지만, 젖을 떼듯 다른 사람들의 칭찬이나 명예에 의존하는 태도에서 벗어나야 합니다. 운이 좋을 때나 역경에서나 중요한 것은 선한 의지를 가지고 일을 하는 것이지 결과가 중요한 것이 아닙니다. 따라서 다른 사람들이 무슨 생각을 하는지 궁리하느라고 애쓰지 말고 당신 행동의 결과에도 마음을 쓰지 마십시오. 당신의 본래의 도덕적 직관을 존중하고 그것을 따르십시오.

나쁜 짓을 하는 자에게 화내지 말라

Don't Be Angry at Wrongdoers

훈련받지 못한 사람은 강도와 악당에게, 또다른 식으로 잘못을 저지르는 사람에게 격분과 보복이라는 반응을 보여줍니다. 나쁜 짓을 하는 자들을 똑바로 이해해야 그들의 행동에 올바르게 반응할 수 있습니다.

나쁜 짓에 대한 적절한 반응은 그런 짓을 하는 자들에 대한 동정심입니다. 그들은 불건전한 믿음을 가졌고, 가장 귀중한 인간적 능력을 박탈당했습니다. 즉, 그들 자신에게 진정으로 좋은 일과 나쁜 일을 구별하는 능력을 박탈당한 것입니다. 그들의 본래의 도덕적 직관은 왜곡되었고, 따라서 그들에게는 내적 평정에 이를 기회가 없습니다.

누가 어떤 어리석은 일을 하면, 다른 사람들처럼 증오와 분노에 굴복하지 말고 그를 동정하십시오.

우리가 어리석은 자들에게 화를 내는 것은 단지 그들이 우리에게서 가져가는 것을 우리가 우상으로 섬기고 있기 때문입니다.

덕이 있는 삶이 융성한다

The Only Prosperous Life Is the Virtuous Life

덕은 우리의 목적입니다. 지속적인 행복을 주는 덕은 보상을 바라고 선을 행하는 것(뭔가를 얻기 "위하여" 선해지겠다는 태도)과는 관계가 없습니다. 선의 실행은 그 자체가 보상입니다.

선은 외적인 경건함이나 과시적인 선행이 아닙니다. 그것은 평생에 걸쳐 우리 품성을 조금씩 조정해나가는 것입니다. 우리는 건전한 방향으로 우리의 생각, 말, 행동을 조금씩 섬세하게 조정합니다. 덕은 우리 의도와 행위에 있는 것이지 결과에 있는 것이 아닙니다.

왜 우리가 구태여 선해져야 할까요? 선해지는 것이 곧 행복해지는 것이기 때문입니다. 마음의 평정을 얻고 걱정에서 벗어나는 것이기 때문입니다. 자신을 점진적으로 다듬는 일에 적극적으로 나서면 변명을 하거나 핑계를 대는 게으른 습관에서 점차 벗어나게 됩니다. 낮은 수준의 수치감에 계속 시달리는 일 없이, 이 순간, 당신의 현재 상황에서 찾을 수 있는 창조적 가능성을 이용하여 앞으로 나아가게 됩니다. 탈출하거나 다른 상황을 꿈꾸는 대신 이 순간을 완전히 살게 됩니다. 당신의 삶 안으로 철저히 들어감으로써 당신 삶을 관통하여 움직이게 됩니다.

당신 자신의 올바른 행동, 충실성, 명예, 품위. 덕이 있는 삶은 그런 것들을 보물로 간직합니다.

덕은 정도의 문제가 아닙니다. 절대적인 것입니다.

열심히 선을 추구하라

Pursue the Good Ardently

열심히 선을 추구하십시오. 당신의 노력이 모자라면 그 결과를 받아들이고 계속 나아가십시오.

중요한 것과 중요하지 않은 것

What Is Important and What Isn't

우리는 계속 중요한 것과 중요하지 않은 것을 혼동합니다. 이것이 우리의 문제입니다.

우리는 우리 뜻대로 되지 않는 것을 바라고 우리 힘으로 되는 것들로는 만족하지 못합니다.

따라서 우리는 늘 발을 멈추고 평가를 해볼 필요가 있습니다. 잠시 앉아서 우리 내부에서 어떤 것이 중요한 것이고 어떤 것이 중요하지 않은 것인지 판단해보아야 합니다. 어느 것이 모험을 할 만한 가치가 있고 어느 것이 그렇지 않은지 판단해보아야 합니다. 삶의 가장 혼란스럽고 아픈 측면들조차 똑바로 보고 선택을 하면 그래도 조금은 더 견딜 만해집니다.

이성이 최고

Reason Is Supreme

합리성이 모든 것은 아닙니다. 삶에는 합리성으로는 접근할 수 없는 영역들이 많습니다. 존재의 가장 큰 신비는 합리성의 범위를 넘어섭니다. 그럼에도 우리의 이성은 우리가 가진 기능들 중에 우리의 성실성을 보호하는 데는 가장 좋은 것입니다.

대부분의 사람들은 추론에 의한 논증을 제대로 이용하지 못하고 논리적 형식을 제대로 사용할 줄 몰라 아무렇게나 행동하고, 과민 반응을 보이고, 뒤죽박죽인 모습을 보입니다. 그러다보면 잘못된 길로 가기 쉽지요.

명료한 사고는 냉혹한 기술이 아닙니다. 이성의 일은 우리의 추측을 비판적으로 검증하는 것입니다. 우리의 해석과 그런 해석에 이르게 된 과정을 검증하는 것입니다. 이성은 목적이 아니라 불가결한 도구입니다.

질문은 이성의 엔진입니다. 따라서 감정에 흔들리지 않고 분별력 있게 질문을 짜는 방법을 배울 필요가 있습니다. 분명하게 생각하는 능력이 훼손되면 당신의 도덕적 생활이 흐트러지고 모호해질 수 있습니다.

이성은 진실과 거짓을 구별할 수 있습니다. 편협한 진실과 깊은 진실을 구별할 수 있습니다. 좋은 추론의 표시는 명료함, 일관성, 엄격함, 정의의 정확성입니다. 무엇보다 모호함이 없어야 합니다.

서둘러 명료하게 생각하는 훈련을 하십시오. 그러면 압도당하지 않고 복잡한 논증을 자신 있게 헤쳐나갈 수 있습니다.

스스로를 치유하라

Learn to Heal Yourself

무자비하게 지혜를 추구한다고 해서 일찍 지혜를 소유할 수 있는 것은 아닙니다. 강장제와 새로운 스승을 좇는 일은 그만두십시오. 최신 유행의 현자나 책이나 식이요법이나 믿음을 따라간다 해서 융성하는 삶의 방향으로 나아갈 수 있는 것은 아닙니다. 당신 자신을 따라가야 합니다. 외적인 것을 당장 버리십시오.

자립을 연습하십시오. 유순하고 의존적인 환자가 되지 마십시오. 자신의 영혼은 자신이 치유하십시오.

날씨가 좋건 나쁘건 항로를 유지하라

Stay the Course, in Good Weather and Bad

주위에서 무슨 일이 벌어지건, 당신이 할 수 있는 한 최선을 다하십시오. 나머지는 일어나는 대로 받아들이십시오.

감사하라

Be Grateful

감사하는 태도를 가지려고 하면 행복해질 것입니다. 각자에게 일어나는 일을 폭넓게 바라보고 일어나는 일의 유용성을 잘 살피면, 세상에서 일어나는 모든 일에 대해 '궁극적 실재'에 자연히 감사하게 됩니다.

중요한 일을 함부로 이야기하지 말라

Never Casually Discuss Important Matters

당신에게 중요하지 않은 사람에게 중요한 일을 함부로 이야기하지 않도록 주의하십시오. 당신의 일이 가치를 잃어버리게 됩니다. 당신 자신의 목적을 훼손하게 됩니다. 특히 일을 맡은 초기 단계에는 위험합니다.

다른 사람들은 콘도르처럼 우리 생각을 파먹으려 합니다. 그들은 당신에게 중요한 것을 가볍게 해석하고, 심판하고, 비틀어버려 결국 당신은 낙심하게 되지요. 생각이나 계획이 숙성한 다음에 부정적인 사람과 냉소적인 사람들 앞에 제시하십시오.

대부분의 사람들은 어떤 생각의 잠재적인 장점을 확

인하기보다는 약점을 비난하기만 합니다. 당신의 의욕이 낭비되지 않도록 자제를 연습하십시오.

우리를 진정으로 행복하게 하는 것

What Makes Us Truly Happy

모든 인간이 행복한 삶을 구하지만, 많은 사람들은 수단, 예를 들어 부와 지위를 삶 자체와 혼동합니다. 이렇게 수단에 초점을 맞추면 행복한 삶으로부터 점점 멀어집니다. 진정으로 가치 있는 것은, 행복한 삶을 만드는 것처럼 보이지만 실제로는 그렇지 않은 외적 수단이 아니라 행복한 삶을 구성하는 덕 있는 행동들입니다.

습관의 힘

The Power of Habit

모든 습관과 기능은 그에 상응하는 행동에 의해 유지되고 늘어납니다. 걷는 습관이 몸에 붙으면 더 잘 걷게 됩니다. 규칙적으로 뛰면 더 잘 뛰게 됩니다. 영혼의 문제에서도 마찬가지입니다. 화를 낼 때마다 화도 늘어납니다. 당신이 습관을 늘리고 불에 연료를 집어넣은 것입니다.

화 잘 내는 기질을 원치 않으면 습관을 키우지 마십시오. 습관에 먹이를 주지 마십시오. 처음에는 입을 다물고 화를 내지 않은 날수를 세십시오. "나는 전에는 매일 화를 냈지. 하지만 이제는 이틀에 한 번씩이야. 앞으로는 사나흘에 한 번씩으로 줄겠지." 시간이 흐르면 우선 습관이 약해지고, 곧이어 지혜로운 반응이 나타나게 됩니다.

이 순간을 소중하게 여겨라

Caretake This Moment

이 순간을 소중하게 여기십시오.

이 순간의 특수한 상황에 몰두하십시오. 이 사람에게, 이 도전에, 이 행동에 반응하십시오.

회피하지 마십시오. 필요 없는 고민을 하지 마십시오.

이제 진정으로 살아야 할 때입니다. 이제 당신이 놓이게 된 상황을 온전히 살아내십시오. 당신은 아무런 이해관계가 없는 방관자가 아닙니다. 참여하십시오. 노력하십시오.

거룩한 섭리에 동참하는 것을 귀중하게 생각하십시오. 자주 물어보십시오. 어떻게 하면 이 행동을 거룩한 의지에 맞게 수행할 수 있을까? 그 답에 주의를 기울이고, 그에 따라 일을 하십시오.

방문이 닫히고 방이 어둡다 해도 당신은 혼자가 아닙니다. 자연의 의지가 당신 안에 있습니다. 자연의 수호신이 당신 안에 있는 것과 마찬가지입니다. 당신에게 끈덕지게 이야기하는 소리에 귀를 기울이십시오. 그 지시를 따르십시오.

삶의 기술에서 재료는 당신 자신의 삶입니다. 위대한 것은 갑자기 창조되지 않습니다. 시간이 필요합니다.

최선을 다하고 늘 친절하십시오.

해설

에픽-누구?
2천 년 전에 죽은 백인 남성이 어떻게 내 인생을 바꿔놓았는가

행복한 우연으로 나—2000년대에 캘리포니아 북부의 한 작은 도시에 살고 있는, 네 자녀와 두 의붓자식의 허둥거리는 어머니이자 이따금씩 음악을 연주하기도 하는 여자—는 서기 55년 로마 제국의 동쪽 변방에서 노예로 태어난 에픽테토스라는 이름의, 지금은 거의 잊힌 고대 서양의 현자를 대변하는 어울리지 않는 역할을 맡게 되었다.

나는 사람들에게 영감을 주는 책을 써서 생계를 유지하고 있었는데, 1990년대 중반에 내 책을 내던 출판사인 하퍼샌프란시스코의 편집자에게 거의 예지와도 같은 놀라운 생각이 떠올랐다. 그는 당시 베이비붐 세대가 깨달음을 중시하는 "오른쪽 뇌" 지향의 동양 종교—특히 불교—에 심취하는 것을 보면서, 곧 그런 흐름은 사라지고 대신 도덕에 기반을 둔 "왼쪽 뇌" 지향의 서양 철학 전통을 새롭게 평가하고 거기에서 삶의 지혜를 얻게 될 것이라고 예측했다.

그는 이런 영적 반동을 예상하면서 스티븐 미첼이 『도덕경』을 읽기 쉽게 풀어낸 것처럼 에픽테토스의 가장 중요한 가르침을 현대적으로 해석(번역이 아니다!)한 글을 써보는 게 어떠냐고 제안했다.

잠깐, 잠깐! 에픽-누구? 틀림없이 에피쿠로스 이야기를 한 거겠죠? 그 쾌락주의자 말이에요.

고전 공부를 시키지 않는 교육으로 인해 스토아 학파의 철학—에픽테토스는 이 철학의 독보적인 옹호자였다—을 제대로 읽지 못한 세대에 속했기 때문에 나는 오래전에 죽은 이 고전시대의 백인 남자가 도대체 누구인지 알아보려고 미친듯이 공부를 좀 해야 했다.

그 결과 에픽테토스는 동서양을 막론하고 역사상 가장 지혜로운 스승으로 꼽힌다는 것을 알게 되었다. 그는 지속적인 행복, 마음의 평화, 외적인 개인적 능력 발휘에 이르는 삶의 길을 정리했다. 나는 이 간과되어온 철학자와 관련된 현존하는 두 문서 『편람』과 『어록』에 몰두했으며 점차 그의 영감을 주는 고귀한 철학에 마음을 빼앗기게 되었다. 처음에는 그가 의무와 예법을 강조하는 것에 회의적이었는데, 그것이 내 세대에게는 너무 예스럽고 엄격해 보였기 때문이다. 또 우리가 통제할 수 있는 것과 통제할 수 없는 것을 이해하고 구별하라는 되풀이되는 훈계도 결과에 영향을 주고자 하는 나의 도저히 누를 길 없어 보이는 욕망과 마찰을 일으켰다. 그러나 에픽테토스를 더 꼼꼼히 읽고 그가 하는 말에 진정으로 귀를 기울이게 되자 그가 역경, 공포, 슬픔을 다루는 아주 실용적이고 영속적인 방법을 제공하고 있음을 깨닫게 되었다. 그는 개인적으로 고귀해지고, 쾌활해지고, 친절해지고, 심지어 자신감에 차 고요한 기쁨을 누릴 수도 있는 철학을 제시했다. 누가 그런 것을 원치 않겠는가?

그러나 내가 뭔데 2천 년이나 된 그리스 철학자의 핵심적 지혜를 전달할까? 나는 대학에서 철학이나 고전을 가르칠 수 있는 자격을 갖춘 사람이 아니었다. 학자들은 대중화를 시도하는 사람을 모욕하는 경향이 있었다. 나는 늙지도, 진부하지도, 턱수염이 나지도, 지혜롭지도 않았으며, 게다가 나는, 그래, 남자도 아니었다. 나는 그리스어를 읽지도 못했으며, 고대의 존경받는 현자든 스포츠바에서 떠벌이는 보통 시골뜨기든, 에픽테토스까지 포함

하여 남자라면 다 좋아하는 운동이나 군대의 비유도 좋아하지 않았다. 또 대부분의 사람들과 마찬가지로 나도 주저앉아서 철학에 관해 지껄일 시간이 많지 않았다.

하지만 이런 것들은 전혀 중요하지 않았다. 에픽테토스의 철학이 아름다운 것은 그가 당신의 삶의 조건이 어떤가에 별 관심이 없기 때문이다. 당신은 에픽테토스의 가장 유명한 제자 마르쿠스 아우렐리우스 같은 미래의 로마 황제일 수도 있다. 당신은 에픽테토스 자신과 마찬가지로 전직 노예에 절름발이일 수도 있다. 당신은 멜로드라마를 좋아하고, 집은 언제나 허리케인이 휩쓸고 지나간 것처럼 엉망으로 해놓고 사는 캘리포니아의 한 어머니일 수도 있다. 에픽테토스의 철학은 싸움, 갈망, 문제, 영혼을 말리는 슬픔, 허영심, 과도한 야망에 시달리는 누구에게나 말을 걸며, 그의 철학에 귀를 기울이다보면 이루 말할 수 없는 기쁨, 달콤한 승리의 순간, 바람이 등을 밀어주는 듯한 놀라운 날들을 기대하게 된다. 에픽테토스는 우리 모두의 철학자다.

나나 당신이나 개인적인 삶의 조건이 엉망이긴 마찬가지일 것이다. 문제를 해결해야 하고, 기회를 엿보아 잡아야 하고, 제대로 사랑하고 이상적으로 보자면 상처를 주지 말아야 할 사람들이 즐비하고, 고마워할 순간들이 많고, 재능을 계발해야 하고, 지식을 얻어야 하고, 또 어쩌면 아이들을 설득해야 하고, 이도 얼른 닦아야 한다. 당신이 나와 비슷하다면, 그러니까 보통 사람이고, 그것도 아주 불완전한 사람이라면—그러니까 수도승, 성자, 보살, 아바타, 라마승, 사제, 예언자, 원격 세미나로 가르치고 자신의 웹사이트를 홍보하는 전자 회로 위의 영적 만물박사가 아니라면—에픽테토스의 스토아 철학은 당신에게 할 이야기가 꽤 많을 것이다. 스토아 철학은 현실적인 삶을 살아가는 현실적인 사람들을 위한 현실적인 삶의 철학이기 때문이다.

스토아 철학은 실수를 하고 후회를 하는 사람들을 위한 철학이다. 또 어른을 위한 철학이다. 스토아 철학은 당신에게 징징대거나 핑계를 대지 말고 자신의 문제에 직면하라고 말한다. 그 문제란 당신의 삶이 지금 당신으로부터 멀어지고 있다는 것이며, 당신은 그것을 어떻게 해야 할지 생각해내야 한다고 말한다. 에픽테토스는 그 명민한 손가락으로 당신을 가리키며 말한다. "나도 당신이 아주 바쁜 사람인 것을 알고 있으니, 깨달음을 얻거나 신비한 황홀경에 이르는 것과 같은 노동 강도가 높고, 장기적이고, 또 쉽게 달성하기 어려운 일에 초점을 맞추지 맙시다. 우리 소박하게 현실적으로 해봅시다. 당신이 지금 처한 삶의 환경에서 가능한 한 가장 의미 있는 삶을 만들어봅시다. 당신이 될 수 있는 한 가장 훌륭한 자아가 되는 길로 나아가봅시다." (잊지 말 것은, 그가 한 번에 다 하자는 게 아니라 점진적으로 하자고 한다는 것이다. 에픽테토스는 인간적인 동정심이 넘치는 만큼이나 인간의 잠재력이나 동기부여 문제에 현실적이다.) 만일 에픽테토스가 오늘날 살아 있다면 그가 우리에게 주는 핵심적 가르침은 다음과 같을 것이라고 보아도 무리가 없을 것이다. "신비주의자나 성자가 되려고 노력하는 일은 그만두고, 훌륭한 사람, 최대한 명예롭고 품위 있는 사람이 되기 위해 최선을 다합시다."

에픽테토스를 해석하는 작업의 예기치 않은 보너스 한 가지는 내가 경건한 체하지 않고 조용히 곧고 품위 있는 삶을 살려고 노력하는 사람들로 이루어진 작지만 점점 확대되어가는 공동체의 일부가 되었다는 사실을 발견하고 있다는 것이다. 그런 삶을 사는 것은 매혹적인 목표이지만, 이런 목표를 가진 사람이 생각만큼 흔하게 눈에 띄지는 않는다. 에픽테토스를 죽은 자 가운데서 살려내는 것은 매우 만족스러운 경험이었다. 그의 뛰어난 사상을 접할 자격이 있는 많은 독자들에게 그가 영감과 위안이 되기를 바란다.

왜 구태여 스토아 철학자가 되고 싶어할까

당신이 다른 사람들에게 밝은 목소리로 자신을 "안녕하세요, 나는 스토아 철학자입니다!" 하고 소개하면 아마 데이트를 많이 못하게 될 것이다.* 스토아 철학자들은 더 나은 홍보 전문가와 매니저를 둘 필요가 있다. 스토아 철학자라는 명칭은 안타깝게도 무지와 오해로 더러워졌기 때문이다. 사람들에게 스토아 철학자를 생각하면 뭐가 떠오르느냐고 물어보면 보통 러시모어 산에 불멸의 존재로 조각된 스핑크스 같은 정치가처럼 이야기하는 사람이라는 대답을 듣게 된다. 심각하고 엄숙하고 유머 없

* 스토아 철학자를 뜻하는 'Stoic'에는 금욕주의자라는 뜻도 있다.

다는 것이 일반적인 평이다. 쾌활함은 없다. 기쁨도 없다. 재미도 없다. 이러니 스토아 철학의 성가가 높지 않은 것도 당연하다.

하지만 그런 인상이 사실일까? 이게 공정한 것일까? 이런 희화화된 모습에 조금이라도 진실이 담겨 있다면 도대체 제정신을 가진 누가 스토아 철학자가 되고 싶어할까? 나아가 스토아 철학이라는 고대 철학이 우리 현대인에게 무엇을 제공할 수 있을까? 스토아 철학이 왜 21세기의 우리에게 여전히 중요하고 쓸모가 있을까?

이런 질문들에 대답하려면 스토아 철학에 관한 신화 몇 가지를 깨뜨릴 필요가 있다. 스토아 철학이 무엇이고 무엇이 아닌지, 스토아 철학의 진짜 매력은 무엇인지 알 필요가 있다. 이것은 짧은 지면에서 다루기에는 아주 큰 문제이지만 한번 시도는 해보자.

우선 스토아 철학이 뭐가 아닌지를 분명히 해두자. 그것은 고통이나 역경에 직면했을 때 그냥 "감수하라"는 권고가 아니다. 감정적 억압이나 완고한 과묵을 아름답게 포장한 말도 아니다. 물론 얼핏 보면 스토아 철학에는 감정적 충동에 지배되고 늘 큰 재미만 찾아다니는 오늘날 우리의 문화와는 어울리지 않을 듯한 도덕적 엄격함과 청렴함이 있다. 그러나 스토아 철학의 윤리는 사실 우리 대부분이 우리 자신과 인류를 위해 마음에 품고 있는 이상과 완벽하게 공존할 수 있다. 예를 들어 우리 다수는 사리사욕에 눈이 멀고 자기 것만 챙겨 달아나는 세계에서 살아갈 수 있도록 적응이 되어 있다. 우리는 살아가는 요령을 배웠고, 우리의 이익을 효율적으로 증진시키고 보호하는 잘 관리된 공적 자아를 갖고 있다. 하지만 그것이 우리 대부분이 진짜로 원하는 것은 아니다. 당연히 그게 전부가 아니다.

나는 우리 대부분이 마음 깊은 곳에서는 삶에서 불가피한 일들을 처리하고 우리의 21세기 삶의 특징인 아노미에 지지 않고 버티면서, 동시에 신뢰, 예의, 관용, 교양이 더 갖추어진 세계에 살기를 바란다고 생각한다. 그러나 우리 대부분은 먼저 앞서가는 어리석고 순진한 사람이 되고 싶어하지 않는다. 아무도 얼간이가 되고 싶어하지 않는다. 아무도 너무 열심히 노력하고 싶어하지 않는다. 우리가 게을러서가 아니다. 우리 대부분은 그냥 두려울 뿐이다. 삶의 불확실성이 무서운 것이다.

따라서 우리 대부분은 겉으로 보기에는 좋은 사람인 것처럼 행동한다. 특별히 좋은 사람은 아니지만, 충분히 좋은, 그럴듯하게 좋은 사람인 것처럼 행동한다. 우리의 생각, 말, 행동은 우정을 유지하고, 교제를 촉진하고, 소요를 막는, 사회적으로 받아들여질 만한 도덕적 기준과 일치한다. 그러면서도 또 한편으로 우리는 비록 예스럽기는 하지만 덕이라고 부를 수밖에 없는 것을 은근히 갈망하고 또 종종 그런 덕에 묘한 노스탤지어를 느끼기도 한다. 스토아 철학자들은 우리 현대인들의 유동 불안, 진정한 친밀성에 대한 만성적 갈망, 뿌리와 목적 없음, 도저히 사라지지 않는 상실감이 사실 덕과 그것을 추구하는 노력을 우리 스스로 저버린 결과라고 이해한다. 바로 이 대목에서 스토아 철학자들이 개입하여 우리에게 뭔가 제안할 것이 있는 셈이다. 스토아 철학자들은 천연덕스럽게 덕 이야기를 한다. 스토아 철학자들의 대열에 합류한다는 것은 냉정하게, 자기방어적으로, 안전을 추구하며 사는 것이 아니라 덕을 높이 평가하는 쪽으로 넘어간다는 뜻이다. 스토아 철학은 덕이 유일무이하게 또 무조건적으로 좋다고 본다. 우정, 친절, 사랑, 아름다움 같은 다른 선들은 아주 귀중하지만, 오직 조건부로 좋을 뿐이다. 최고의 지위에는 덕이 있다. 또 덕은 우리 자신에게 이르는 길이며, 다른 사람들에게 속해 있다는 진정한 연대감에 이르는 길이다. 스토아 철학자들은 세련되고 아이러니 섞인 태도로 우리 자신이나 다른 사람들과 거리를 유지하려는 마음을 버리고, 우리를 괴롭히는 이루 말할 수 없는 슬픔, 외로움, 피로, 자기 의심으로부터 자유를 얻으라고 말한다. 나쁜 거래는 아니니다.

그러나 이것도 여전히 부담스럽게, 어쩌면 단지 인간일 뿐인 우리에게는 너무 부담스럽게 들릴지도 모른다. 우리 가운데 누가 덕의 계발 같은 도덕적으로 힘든 노력을 시작하고 싶어할까? 멋있어 보이기는 하지만, 동시에 정말 어려워 보이기도 한다. 귀찮고 너무도 재미없을 것 같다. 다시 말하지만, 왜 구태여 스토아 철학자가 되고 싶어할까? 여러 가지 이유가 있다—사실 그럴듯한 이유가 있다. 하지만 우리는 또 스토아 철학에도 여러 가지가 있다는 것을 잊지 말아야 한다. 스토아 철학의 창시자인 키프로스의 제논(기원전 335-263?)의 스토아 철학이 있다. 크리시포스(기원전 280-207?)의 스토아 철학이 있다. 서력기원으로 들어오면 무소니우스 루푸스(서기 1세기)의 스토아 철학이 있다. 다름 아닌 에픽테토스가 있다. 로마 황제 마르쿠스 아우렐리우스(서기 161-180)가 있다. 그리스 문화 연구자들은 스토아 철학자들을 연대기적으로 초기 스토아(기원전 300-150), 중기 스토아(기원전 150-55), 후기(로마) 스토아(기원전 1세기-서기 3세기), 신스토아(서기 1584-현재) 등 네 시기로 나눈다. 에픽테토스의 스토아 철학은 특히 치료 지향적이지만, 다른 스토아 철학들과 공유하는 더 큰 이론적 틀 안에서 볼 때 훨씬 잘 이해할 수 있다. 우리의 사회적 세계나 내적인 감정적 세계들이 목소리가 하나뿐인 정연한 체계가 아니듯이, 스토아 철학과 그 윤리도 하나가 아니다. 하지만 그 전체에서는 공통의 흐름과 일관성을 찾아낼 수 있다. 이 모든 스토아 철학은 똑같은 매력을 공유한다. 이것들은 지속적인 내적 평화와 행복에 도움이 되는 감정 관리의 철학을 제공한다.

스토아 철학의 믿음들은 위로를 주고 인간 정신을 강화하되 이성을 희생하지 않는다. 오히려 그 반대다. 이성을 믿음에 종속시킬 것을 요구하는 일부 종교들과는 달리, 스토아 철학의 믿음과 그런 믿음이 제공하는 힘이나 지구력에서 그 출발점은 이성(로고스)이다.

스토아 철학이 탁월한 치료제가 되는 공통의 불가피한 인간 조건, 장애, 또는 스토아 철학자라면 영혼의 병이라고 부를 만한 것이 몇 가지가 있다.

우선 조만간, 아니 벌써 벌어졌는지도 모르지만, 삶이 당신을 괴롭힐 것이다. 당신을 옆에서 갑자기 들이받을 것이다. 부유하든 가난하든 이것은 피할 수 없다. 삶은 주지만, 또 가져간다. 아직 그런 일이 벌어지지 않았다면 앞으로 당신은 아주 귀중한 것 또는 사람을 잃게 될 것이다. 그것은 가정일 수도 있고, 일자리일 수도 있고, 결혼일 수도 있고, 친구일 수도 있고, 귀중한 소유물일 수도 있고, 자신이 가치 있다는 느낌일 수도 있고, 움직일 수 있는 능력일 수도 있고, 존엄일 수도 있고, 건강일 수도 있고, 또다른 것일 수도 있는데, 당신은 잠재적으로 당신을 시들게 할 수 있는 그런 상실 뒤에도 또 그런 상실에도 불구하고 어떻게 버티면서 훌륭하고 의미 있는 삶을 살아갈 수 있을지 궁리해야 한다. 스토아 철학은 그런 시기에 꾸준하고 믿을 만한 동료, 절망의 이면에 이르는 길을 비추는 등대가 되어줄 수 있다.

우리 대부분은 살다보면 강요된 의무나 반복적인 무비판적 행동으로 이루어진 생활을 하는 바람에 젊은 시절의 활기차고 폭넓은 자아를 배신하게 되었다는 느낌에 시달리게 된다. 뭔가에 붙들린 느낌이다. 우리의 운명을 훼손하고, 우리의 가장 좋은 본성을 무시하거나 모독하고, 우리의 더 나은 자아를 내버린 느낌이다. 우리의 관심은 갈라지고 파편화되었으며, 이따금씩 우리의 본성과 조화를 이루어 살라는 부름을 듣지만, 우리 자신에게로, 덕으로 돌아가는 여행을 어떻게 시작해야 할지 모른다. 스토아 철학은 우리에게 우리의 더 나은 자아를 드러내, 부드럽게, 점진적으로 그곳으로 돌아가도록 이끌어줄 수 있다.

아니면 문화적 규범대로 로봇처럼 살아가다, 어느 날 그런 규범이 거짓 믿음에 기초를 두었다는 것을 깨닫게 될지도 모른다. 스토아 철학은 우리가 남들과 연결되어 있다고 느낄 수 있는 능력을 가로막고, 중요한 의미를 훼손하고, 생명력 있고 진실한 것을 희생하는 대신 하찮은 것을 높게 치는 사회적 오류와 개인적 미망을 드러내는 데 탁월하다. 스토아 철학은 우리에게 진정한 만족과 단순한 충족을 구별하고, 자족의 기쁨과 불안하고 난잡한 획득을 구별하고, 마음의 평화와 들뜨고 공허한 야망을 구별하라고 가르친다.

마지막으로, 왜 이 고대의 스토아 철학이 21세기에도 계속, 아니, 그 어느 때보다 더 중요할까? 무엇보다도 스토아 철학은 우리에게 엄청나게 많은 선택들 가운데에서 어떻게 현명한 선택을 할 것인지 가르쳐준다. 지금 그것이 우리의 문제가 아닐까? 지나치게 많은 선택, 정보 테크놀로지와 전 세계적인 연결망 때문에 정신이 멍해질 정도로 쏟아지는 입력과 선택에 적응해야 한다. 이 홍수 같은 선택에는 그것을 관리하는 매뉴얼이 따라오지 않는다. 그래서 우리는 되는대로 처리한다. 그것은 곧 우리 대부분이 한 걸음 뒤로 물러나 가치, 즉 덕의 관점에서 정리하거나 평가하지 못하고, 그냥 가장 익숙하고, 크고,

잡요한 입력 정보에 굴복하고, 반응하고, 관여한다는 뜻이다. 에픽테토스의 스토아 철학은 우리에게 많은 것을 주지만, 무엇보다도 우리가 선택 과잉으로 멍해지고 어리둥절한 상태를 뚫고 나아갈 수 있도록 이끄는 훌륭한 안내자 역할을 하기 때문에 우리는 진정으로 중요한 사물과 사람에게 관심을 돌릴 수 있다. 스토아 철학은 우리가 생각, 단어, 행동의 선택을 검토하여 명료한 시야를 확보하고 고귀한 삶, 그래, 덕이 있는 삶을 살도록 도와준다.

옮긴이의 말

이 책은 샤론 르벨이 에픽테토스의 사상을 현대적으로 해석하여 93편의 가르침으로 정리한 책을 우리말로 옮긴 것으로, 원래 1999년에 『불확실한 세상을 사는 확실한 지혜』라는 제목으로 나온 적이 있는데 이번에 새로 손보아 『삶의 기술: 로마의 현자 에픽테토스에게 배우는 슬기롭게 사는 법』이라는 제목으로 다시 내게 되었다. 이전의 책이 나온 1999년이라는 연도와 책의 제목이 말해주듯이 당시는 IMF 경제위기로 꽤나 어수선한 때였고 그런 세상을 헤쳐 나갈 수 있는 뭔가 확고한 것에 대한 갈망이 있었던 것 같다. 안타까운 것은 그로부터 어언 20년이 흘렀으나 그런 갈망이 줄기는커녕 오히려 늘었고 그

것이 이 책을 다시 내는 이유에 대한 간접적인 설명이 될 듯하다는 점이다. 하지만 에픽테토스라면 스토아 철학자답게 차분한 표정으로 세상이 원래 그런 것 아니냐고 되묻지 않을까? 아마 그럴 것 같고, 역설적으로 그렇게 세상을 바라보았기 때문에 긴 세월이 흐른 지금까지도 이 거친 세상에서 자기 자리를 유지하고 있는지도 모르겠다. 이 책은 에픽테토스의 생각을 전할 뿐 아니라, 거기서 한 걸음 나아가 현재의 요구에 맞게 현재의 언어로 풀어냈으며, 이 점에서 엮은이의 역량이 돋보인다고 할 수 있다. 엮은이는 전문적인 철학자가 아니라고 자신을 낮추는데, 오히려 그렇기 때문에 보통 사람들의 구체적인 상황을 떠올리면서 에픽테토스의 발언을 실제로 적용하는 방식을 모색할 수 있었을 것이다. 사실 바로 그렇게 구체적인 상황에 철학을 적용하는 것이 에픽테토스가 바라는 바일 것이라는 엮은이의 생각에 옮긴이 또한 동의하지 않을 수 없다. 무엇보다도 마음이 어수선할 때 아무데나 펼쳐 읽고 잠시라도 숨을 고를 수 있는 책이 되어준다면 옮긴이로서는 더 바랄 게 없겠다.

삶의 기술

로마의 현자 에픽테토스에게 배우는 슬기롭게 사는 법

2판 1쇄 인쇄 2020년 12월 1일
2판 1쇄 발행 2020년 12월 11일

엮은이 샤론 르벨 | 옮긴이 정영목 | 펴낸이 신정민

편집 최연희 이희연 | 디자인 신선아 | 저작권 한문숙 김지영 이영은
홍보 김희숙 김상만 지문희 김현지 이소정 이미희
마케팅 정민호 김경환 | 제작 강신은 김동욱 임현식
제작처 한영문화사(인쇄) 신안문화사(제본)

펴낸곳 (주)교유당
출판등록 2019년 5월 24일 제406-2019-000052호

주소 10881 경기도 파주시 회동길 210
문의전화 031)955-8891(마케팅) 031)955-3583(편집)
팩스 031)955-8855
전자우편 gyoyudang@munhak.com

ISBN 979-11-90277-97-6 03800

* 이 도서의 국립중앙도서관 출판예정도서목록(CIP)은 서지정보유통지원시스템 홈페이지(http://seoji.nl.go.kr)와 국가자료종합목록 구축시스템(http://kolis-net.nl.go.kr)에서 이용 하실 수 있습니다. (CIP제어번호: CIP2020049088)